就是要學日本語

初級（上）新版

淡江大學日文系編撰團隊 主編

曾秋桂 召集人
孫寅華、張瓊玲 副召集人
落合由治、中村香苗 日文監修及錄音

曾秋桂、孫寅華
張瓊玲、落合由治
廖育卿、蔡欣吟、蔡佩青

合著

關於《就是要學日本語》的發行

　　淡江大學日本語文學系自 1966 年成立至今，將屆 55 週年，目前穩居淡江大學學生人數最多的學系。本系除了盡心盡力地肩負起為國家培育專業日語人才的重責大任之外，也負責規劃並執行專屬淡江大學外系學生選修「核心日文（一）」、「核心日文（二）」、輔系日文的課程。校內系外的日文開課班級數，一直都維持穩定成長。另外也與高中結為策略聯盟學校，在高中開設日文課程，善盡社會責任。

　　為了能符合外系學生選修「核心日文（一）」、「核心日文（二）」、輔系日文課程之需，系上由經驗豐富的孫寅華老師負責編撰完成《日本語淡江大學核心日文多媒體教材》教科書。該教科書內容紮實、非常實用，化育了不少日語人才。惟因考量到與時俱進的時代性任務，適巧又幸蒙瑞蘭國際出版的誠摯邀約，於是當時擔任系主任一職的本人，即召集了本系有志一同的孫寅華老師、張瓊玲老師、廖育卿老師、蔡欣吟老師、蔡佩青老師、落合由治老師、中村香苗老師等 7 位優秀熱心的教師，共同組成淡江大學日文系編撰團隊，同心協力撰寫教科書嘉惠學子。

　　在瑞蘭國際出版的全力配合之下，如期誕生的這一本《就是要學日本語》，分成上、下冊兩冊出刊，各有 15 課的內容。上冊是提供「核心日文（一）」、下冊是提供「核心日文（二）」的課程使用，出版之後佳評如潮，現為改訂版。本教科書的每一課結束之後，還附有一篇日本文化直播單元，增加讀者對於日本文化的認知。此單元則由長年旅居日本的蔡佩青老師（目前承擔日文系主任的重責大任）一人獨力完成，內容精彩。另外使用本教科書除了可以達到學習日語的良好效果，又因有故落合由治老師、中村香苗老師兩位老師通力合作完成的清晰錄

音檔的陪伴學習，對於學生的日語發音以及聽力部分，絕對有加乘的效果。本教科書可謂內容豐富、精采絕倫、附加價值升級。

而本教科書《就是要學日本語》的順利出刊，絕非偶然。那是匯集了本系編撰團隊們在因新冠肺炎侵襲而格外忙碌的學期當中，不辭辛苦地撰寫完成。又再加上王愿琦社長、葉仲芸副總編輯的專業當後盾、插畫家 Syuan Ho 的優美插畫來吸睛等三者合一，才能展現出此絕佳的結晶成果。

值此出刊之際，本人此刻特別心懷感激、興奮。感念為這本教科書付出的所有有志之士，衷心謝謝您們。淡江大學日本語文學系將秉持成立的初衷，團結一致地繼續規劃符合不同課程的更充實的教科書，藉以善盡高等教育的社會責任以及一直以來支持本系的先賢、前輩們。敬請不吝賜教，為禱。

召集人

曾秋桂

2024 年 8 月 1 日

於滬尾

Ⅰ 結構

　　本書為淡江大學日本語文學系針對第二外語學習者所設計編撰之初級基礎教材。全書分上、下二冊，各冊 15 課，共計 30 課。課前有平假名・片假名五十音表、發音練習，以及日常寒暄用語。全書底頁之附錄，則包含各課練習的參考答案、各課語彙一覽表、品詞分類表、動詞・形容詞・形容動詞的詞尾變化表、指示代名詞、數字、時刻・時間、日期、量詞、臺灣前一百大姓氏日語發音、家人稱謂等，方便學習者查詢學習。此外，本書另附單字、例句、本文內容音檔 QR Code，加強學習者發音練習。

Ⅱ 內容

1 單字（単語）

　　本書以日常生活常用單字、慣用語以及日語能力測驗 N5-N3 範圍必備之語彙為基準，配合各課所需，分別運用於上、下冊課文內。上冊約 6 百詞條。

2 句型（文型）

　　每課安排 3-4 個基本句型，加上簡單的文法說明，從「A は B です」名詞句，循序漸進習得基礎必備之語法知識。

3 練習（練習）

　　配合各課句型做實際句子練習。除了基本模仿練習之外，為激發學習者不落窠臼，也安排了自由發想、發揮的練習項目。

4 本文（本文）

以基本句型運用，發展出會話單元，讓學習者能將該課所學即時融會貫通，瞭解到原來學習日語不枯燥，不必一味死記。

5 日本文化（日本文化直播）

各課學習完了後，兼顧溫習（おさらい）以及對日本文化的認識，精心策畫了「日本文化直播」單元，讓學習者在學習日語的同時，也能享受不同文化的樂趣與深意。

III 本書用語

目前日語學習中，有關學習用語大抵依據《国語文法》或《教育文法》為主。本書原則上採用《国語文法》用詞，但考量學習者多元學習，附加《教育文法》，例如：「形容詞」→「イ形容詞」、「形容動詞」→「ナ形容詞」。

IV 學習目標和成效

跟著本書學習，從日語零基礎開始，只要持之以恆，必定會習得日語能力測驗 N3 的實力，這也是我們編撰小組企盼的學習目標。

淡江大學日文系編撰團隊

目次

前言：關於《就是要學日本語》的發行 …… 002
有關本書 …… 004

第 0 課

日語音韻表、促音、長音、挨拶の言葉 …… 009

第 1 課

私は 張です。 …… 015

第 2 課

あれは 私の 傘です。 …… 025

第 3 課

これは ちょっと 高いですね。 …… 035

第 4 課

納豆が 苦手です。 …… 045

第 5 課

料理も おいしかったです。 …… 055

第6課

バス停は どこに ありますか。 …… 067

第7課

かばんの 中に 何が ありますか。 …… 077

第8課

いつも どこで 買い物しますか。 …… 087

第9課

夕べ 寝ませんでした。 …… 097

第10課

試験は 8時からです。 …… 107

第11課

土曜日の 午後、空港へ 行きます。 …… 117

第12課

今日は、スパゲッティを 食べたいです。 …… 127

目次

第 13 課

ここに お名前を 書いて ください。 …… 139

第 14 課

ニューヨークの 大学で 芸術を 勉強して います。 …… 149

第 15 課

道で 遊んでは いけません。 …… 159

附錄

1. 各課練習解答 …… 170
2. 各課語彙一覽表 …… 186
3. 品詞分類表 …… 202
4. 動詞、形容詞、形容動詞的詞尾變化表 …… 206
5. 指示代名詞 …… 208
6. 數字 …… 209
7. 時刻、時間 …… 211
8. 日期 …… 213
9. 量詞 …… 214
10. 臺灣前一百大姓氏日語發音 …… 216
11. 家人稱謂 …… 217

如何掃描 QR Code 下載音檔

1. 以手機內建的相機或是掃描 QR Code 的 App 掃描封面的 QR Code。
2. 點選「雲端硬碟」的連結之後，進入音檔清單畫面，接著點選畫面右上角的「三個點」。
3. 點選「新增至「已加星號」專區」一欄，星星即會變成黃色或黑色，代表加入成功。
4. 開啟電腦，打開您的「雲端硬碟」網頁，點選左側欄位的「已加星號」。
5. 選擇該音檔資料夾，點滑鼠右鍵，選擇「下載」，即可將音檔存入電腦。

第 0 課

1. 日語音韻表
2. 促音、長音
3. 挨拶の言葉

第0課

日語音韻表

MP3-01

〔清音〕

	あ段	い段	う段	え段	お段
あ行	あ ア a	い イ i	う ウ u	え エ e	お オ o
か行	か カ ka	き キ ki	く ク ku	け ケ ke	こ コ ko
さ行	さ サ sa	し シ shi	す ス su	せ セ se	そ ソ so
た行	た タ ta	ち チ chi	つ ツ tsu	て テ te	と ト to
な行	な ナ na	に ニ ni	ぬ ヌ nu	ね ネ ne	の ノ no
は行	は ハ ha	ひ ヒ hi	ふ フ fu(hu)	へ ヘ he	ほ ホ ho
ま行	ま マ ma	み ミ mi	む ム mu	め メ me	も モ mo
や行	や ヤ ya		ゆ ユ yu		よ ヨ yo
ら行	ら ラ ra	り リ ri	る ル ru	れ レ re	ろ ロ ro
わ行	わ ワ wa				を ヲ o
	ん ン n				

日語音韻表

MP3-02

〔濁音・半濁音〕

MP3-03

〔拗音〕

第0課

● 促音、長音

促音：五十音中た行裡的「つ／ツ」寫成較小的「っ／ッ」時是促音，不發音，只停一個節拍。例如：「切手」、「キッチン」等。

長音：假名後的母音拉長一拍是長音，即あ段假名＋あ（例：母さん）、い段假名＋い（例：兄さん）、う段假名＋う（例：空席）、え段假名＋い（例如：平和）、お段假名＋う（例如：父さん）。但也有少數例外，像是え段假名＋え（例如：姉さん），和お段假名＋お（例如：遠い）。此外，長音的片假名的標示方式為「ー」。

● 挨拶の言葉

MP3-04

❶ おはようございます。

❷ こんにちは。

❸ こんばんは。

❹ お休みなさい。

❺ さようなら。

❻ お元気ですか。

❼ どうぞ。

❽ ありがとうございます。

❾ すみません。／ごめんなさい。

❿ よろしくお願いします。

⓫ ただいま。
　―お帰りなさい。

⓬ 行ってきます。
　―行ってらっしゃい。

⓭ 失礼します。

⓮ いただきます。

⓯ ごちそうさまでした。

メモ

1

わたし
私は　張です。
ちょう

第1課

一 単語(たんご)　MP3-05

01	わたし	⓪ 私	名 我（第一人稱）
02	あなた	②	名 你（第二人稱）
03	かれ	① 彼	名 他（第三人稱）
04	かのじょ	① 彼女	名 她（第三人稱）
05	おとうさん	② お父さん	名 爸爸、父親（敬稱）
06	おかあさん	② お母さん	名 媽媽、母親（敬稱）
07	おねえさん	② お姉さん	名 姊姊（敬稱）
08	かいしゃいん	③ 会社員	名 公司職員
09	せんせい	③ 先生	名 老師、醫師、律師的敬稱
10	こうむいん	③ 公務員	名 公務員
11	がくせい	⓪ 学生	名 學生
12	～ご	～語	名（～國家/地方的）語言
13	えいご	⓪ 英語	名 英語
14	～じん	～人	名（～國家/地方的）人
15	アメリカ	⓪	名 美國
16	イギリス	⓪	名 英國
17	かんこく	① 韓国	名 韓國

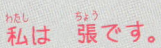

私は 張です。

18	**たいわん**	③ 台湾	名 台灣
19	**ドイツ**	①	名 德國
20	**にほん／にっぽん**	②／③ 日本	名 日本
21	**だいがく**	⓪ 大学	名 大學
22	**せんもん**	⓪ 専門	名 專門
23	**じゅぎょう**	① 授業	名 課程
24	**せんこう**	⓪ 専攻	名 主修
25	**はじめまして**	④ 初めまして	慣 初次見面
26	**（どうぞ）よろしくおねがいします**		
	（どうぞ）よろしくお願いします	慣 多多指教
27	**はい**		感 是的、好的（應答時使用）
28	**いいえ**		感 不是、不好（應答時使用）
29	**こちらこそ**		慣 我才是……

二 文型

MP3-06

1 【～は～です】

「は」是助詞，提示前面的名詞為主詞。「です」表斷定、肯定的助動詞，中譯為「～是～」。

> ▶ 私は 黄です。
> ▶ 彼女は 学生です。
> ▶ 彼は 日本人です。

2 【～は～ですか】

「か」是助詞，代表不確定的語氣，句末加上「か」就會成為疑問句。

> ▶ 中村さんは 先生ですか。
> ▶ 張さんは 会社員ですか。
> ▶ 李さんは 公務員ですか。

3 【〜は〜ではありません】

「ではありません」是「です」的否定形,中譯為「〜不是〜」。

- 私は 日本人ではありません。台湾人です。
- 陳さんは 会社員ではありません。公務員です。
- A：山田さんは 先生ですか。
  B：いいえ、先生ではありません。学生です。

4 【名詞＋の＋名詞】

「の」是助詞,連接在名詞後,表示所有、所屬、內容、同位格。常見的形式為「名詞＋の＋名詞」。

- 英語の 先生は アメリカ人です。
- 田中さんは 日本語の 先生です。

第1課

三 練習

1 （例）私・蔡
→ 私は蔡です。

① お父さん・公務員
→ _____。

② 彼女・学生
→ _____。

③ 先生・イギリス人
→ _____。

④ お姉さん・会社員
→ _____。

2 （例）田中さん・会社員
→ 田中さんは会社員ですか。

① 張さん・先生
→ _____。

② 韓国語の授業の先生・韓国人
→ _____。

③ あなた・淡江大学の学生
→ _____。

④ 彼・英語の先生
→ _____。

3 （例）張さん・先生
→ 張さんは先生ではありません。

① お母さん・公務員
→ ＿＿＿＿＿＿＿＿＿＿＿＿＿＿＿＿＿＿＿＿＿＿＿＿＿＿＿＿＿。

② 私の専攻・英語
→ ＿＿＿＿＿＿＿＿＿＿＿＿＿＿＿＿＿＿＿＿＿＿＿＿＿＿＿＿＿。

③ 彼・日本人
→ ＿＿＿＿＿＿＿＿＿＿＿＿＿＿＿＿＿＿＿＿＿＿＿＿＿＿＿＿＿。

④ 私・会社員
→ ＿＿＿＿＿＿＿＿＿＿＿＿＿＿＿＿＿＿＿＿＿＿＿＿＿＿＿＿＿。

4 請就自己的狀況回答以下問題。
（例）あなたは台湾人ですか。
→ はい、台湾人です。
いいえ、台湾人ではありません。

① あなたは淡江大学の学生ですか。
→ ＿＿＿＿＿＿＿＿＿＿＿＿＿＿＿＿＿＿＿＿＿＿＿＿＿＿＿＿＿。

② 日本語の授業の先生は、日本人ですか。
→ ＿＿＿＿＿＿＿＿＿＿＿＿＿＿＿＿＿＿＿＿＿＿＿＿＿＿＿＿＿。

③ あなたのお父さん（お母さん）は会社員ですか。
→ ＿＿＿＿＿＿＿＿＿＿＿＿＿＿＿＿＿＿＿＿＿＿＿＿＿＿＿＿＿。

④ あなたの専攻は英語ですか。
→ ＿＿＿＿＿＿＿＿＿＿＿＿＿＿＿＿＿＿＿＿＿＿＿＿＿＿＿＿＿。

第 1 課

四 本文
ほん ぶん

MP3-07

- 張_{ちょう}： はじめまして。私_{わたし}は張_{ちょう}です。

　　　　どうぞよろしくお願_{ねが}いします。

- 中村_{なかむら}： 中村_{なかむら}です。

　　　　こちらこそよろしくお願_{ねが}いします。

私は　張です。

- 中村： 張さんは学生ですか。
- 張　： はい。私は淡江大学の学生です。中村さんは。
- 中村： 私は学生ではありません。先生です。

第1課

五 日本文化直播

你好、日安、甲飽沒？

　　日本人對才剛認識的人會說「初次見面」，之後再碰面時，如果是早上就說「早」，中午以後問候「日安」，天黑了則改說「晚上好」，在奔波了一天累了要睡覺時再道聲「晚安」。這些引號裡的問候語借用了各國各地的說法，因為日文實在很難像台灣人一樣，一句「甲飽沒」就走遍天下。

　　然而，規矩的日本人也不一定乖乖地照課本上說明的方式來打招呼。比如有人會在上晚班的時候，跟同事說「おはよう」。據說這最早起源於歌舞伎，而後漸漸流傳至演藝圈，再普及至一般從業人員。因為「おはようございます」原本就只是將「早い」（早的）加上「ございます」（表示客氣），雖然歌舞伎演出總是在下午或傍晚，但只要比其他人都要早抵達劇場做準備，都算很早啊。只不過，在一般社會習慣裡，還是很多人認為「おはようございます」（早安）只能用在早上，因此要小心使用喔。

　　此外，「晚安」也是個麻煩的單字，翻成日文是「こんばんは」？還是「おやすみなさい」？例如跟朋友約了晚上見面，這是這天第一次碰面，所以互相打招呼說「こんばんは」（晚安），然後吃飯喝茶聊天盡興了，要各自回家時就說「じゃ、また」（再見）。但在這個時候，也有很多日本人會跟你說「おやすみなさい」（晚安），這是從命令形的句法演變而來的慣用句，一般用在睡覺前的彼此問候，雖然和朋友各自歸巢並不是馬上就要睡覺了，但不覺得這樣的道別感覺很親切嗎？

2

あれは
私(わたし)の 傘(かさ)です。

第 2 課

一 単語 (たんご)   MP3-08

01	これ	⓪		名 這個（近稱）
02	それ	⓪		名 那個（中稱）
03	あれ	⓪		名 那個（遠稱）
04	どれ	①		名 哪一個
05	かさ	① 傘		名 傘
06	かばん	⓪ 鞄		名 包包、書包
07	じしょ	① 辞書		名 辭典
08	でんしじしょ	④ 電子辞書		名 電子辭典
09	きょうかしょ	③ 教科書		名 教科書、課本
10	えんぴつ	⓪ 鉛筆		名 鉛筆
11	ボールペン	⓪		名 原子筆
12	まど	① 窓		名 窗戶
13	すいとう	⓪ 水筒		名 水壺
14	ざっし	⓪ 雑誌		名 雜誌
15	ほん	① 本		名 書
16	ノート	①		名 筆記本
17	おちゃ	⓪ お茶		名 茶

あれは 私の 傘です。

18	かいしゃ	⓪ 会社	名 公司
19	デパート	②	名 百貨公司
20	なに／なん	① 何	名 什麼
21	つくえ	⓪ 机	名 書桌
22	とけい	⓪ 時計	名 鐘錶
23	ちゅうごくご	⓪ 中国語	名 中文
24	だれ	① 誰	名 誰
25	この	⓪	連體 這～
26	その	⓪	連體 那～
27	あの	⓪	連體 那～
28	どの	①	連體 哪～
29	じゃ／では		接 那麼

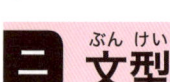

二 文型

MP3-09

1 【これ・それ・あれ・どれ】

「これ」、「それ」、「あれ」、「どれ」是指示代名詞。「これ」指的是離説話者近的事物，中譯為「這個」。「それ」、「あれ」的中譯都是「那個」，不過「それ」是離説話者遠、聽話者近的事物，「あれ」則是指距離兩者較遠的事物。而「どれ」是疑問詞，中譯為「哪個」。

- これは 鉛筆です。
- それは 電子辞書です。
- あれは 窓です。
- 呉さんの 教科書は どれですか。

2 【この・その・あの・どの】

「この」、「その」、「あの」、「どの」是連體詞，後面直接接續名詞。助詞「の」也可當成代名詞使用，取代前面提過的名詞。

- その かばんは 佐藤さんの かばんです。
  その かばんは 佐藤さんのです。
- この 傘は 私の 傘です。
  この 傘は 私のです。

▶ あの 水筒は 李さんの 水筒です。
　あの 水筒は 李さんのです。

3 【〜も〜です】

「も」是助詞，表示並列，用於列舉同類的事物。

▶ A：それも 雑誌ですか。
　B：いいえ、雑誌ではありません。これは 本です。
▶ A：これは 鉛筆です。
　B：それも 鉛筆ですか。
　A：いいえ、これは ボールペンです。

4 【〜は〜ですか、〜ですか】

確認事物時或詢問「是〜還是〜」的狀態時使用。

▶ A：それは 本ですか、辞書ですか。
　B：これは 辞書です。
▶ A：あれは 会社ですか、デパートですか。
　B：あれは デパートです。

第2課

三 練習

1 (例) これ・かばん

→ これはかばんです。

① それ・中国語の雑誌

→ ＿＿＿＿＿＿＿＿＿＿＿＿＿＿＿＿＿＿＿＿＿＿＿＿＿＿＿＿＿＿。

② 私のノート・あれ

→ ＿＿＿＿＿＿＿＿＿＿＿＿＿＿＿＿＿＿＿＿＿＿＿＿＿＿＿＿＿＿。

③ あなたのかばん・どれ

→ ＿＿＿＿＿＿＿＿＿＿＿＿＿＿＿＿＿＿＿＿＿＿＿＿＿＿＿＿＿＿。

④ これ・何

→ ＿＿＿＿＿＿＿＿＿＿＿＿＿＿＿＿＿＿＿＿＿＿＿＿＿＿＿＿＿＿。

2 (例) あの・ノート・張さんの

→ あのノートは張さんのです。

① この・水筒・私の

→ ＿＿＿＿＿＿＿＿＿＿＿＿＿＿＿＿＿＿＿＿＿＿＿＿＿＿＿＿＿＿。

② その・ボールペン・先生の

→ ＿＿＿＿＿＿＿＿＿＿＿＿＿＿＿＿＿＿＿＿＿＿＿＿＿＿＿＿＿＿。

③ あの・時計・誰の

→ ＿＿＿＿＿＿＿＿＿＿＿＿＿＿＿＿＿＿＿＿＿＿＿＿＿＿＿＿＿＿。

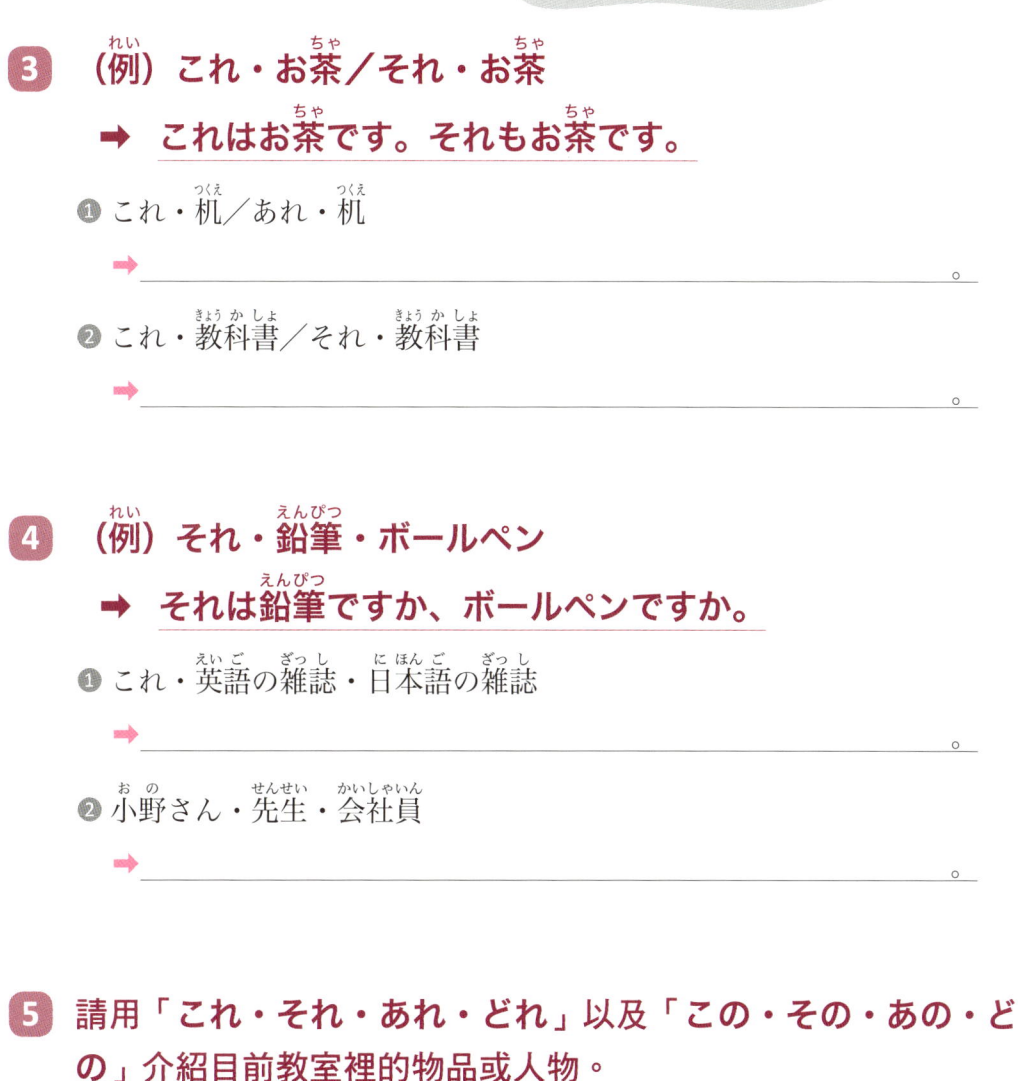

3 (例) これ・お茶／それ・お茶

　　➡ これはお茶です。それもお茶です。

① これ・机／あれ・机

　➡ _____。

② これ・教科書／それ・教科書

　➡ _____。

4 (例) それ・鉛筆・ボールペン

　　➡ それは鉛筆ですか、ボールペンですか。

① これ・英語の雑誌・日本語の雑誌

　➡ _____。

② 小野さん・先生・会社員

　➡ _____。

5 請用「これ・それ・あれ・どれ」以及「この・その・あの・どの」介紹目前教室裡的物品或人物。

_____

_____

_____

_____

四 本文

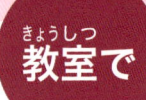

学生： 先生、これは辞書ですか。
先生： いいえ、辞書ではありません。日本語の教科書ですよ。
学生： それも日本語の教科書ですか。
先生： いいえ、これは学生のノートです。
学生： そうですか。
　　　 それは王さんのノートですか、私のノートですか。
先生： これは王さんのですよ。

あれは 私の 傘です。

- 張： すみません。この傘は李さんのですか。
- 李： いいえ、それは中村さんの傘です。
- 張： そうですか。あの傘は誰のですか。
- 李： あれは私の傘ですよ。
- 張： じゃ、あれは？

第 2 課

五 日本文化直播

鉛筆派？原子筆派？

你多久沒有用鉛筆寫功課了？在台灣，大約在小學高年級或是上了國中，大部分老師會開始建議學生使用原子筆，但日本人無論是學生或上班族，都喜歡用鉛筆，當然還包括自動鉛筆。我私底下做過一個小小的調查，詢問周邊的日本人為什麼多用鉛筆？

答案的最大公約數是：「寫錯字可以乾淨地擦掉重寫。」原來如此，這的確是個很有說服力的理由。

當然，日本人也用原子筆或墨水筆，但主流卻是黑色，而不是台灣人常用的藍色。好奇心又驅使我做了個非正式訪查，也得到了個令我心服的合理答案：「因為寫在白紙上時，黑色比藍色更能看得清楚。」

不過現在真正的主流筆是「消せるボールペン」（可擦掉的原子筆），它融合了鉛筆能夠擦掉重寫和原子筆不易掉色的雙重特點。發明這種魔術擦筆的是日本的百樂公司（PILOT；パイロット），利用溫度變色技巧，開發了當溫度達65℃時便能消失、零下20℃時則能復原的墨水。此產品一推出便大受好評，已在全球銷售超過10億支，不愧為文具製造商的「パイロット」（領航員）。

順帶一提，幾乎所有學生都愛用的自動鉛筆，日文稱為「シャープペンシル」，將片假名寫成羅馬字便得「sharp」+「pencil」。是的，SHARP 就是那製造家電的夏普公司，而自動鉛筆正是夏普創始者早川德次所發明的。

③ これは ちょっと 高いですね。

第 3 課

一 単語（たんご） MP3-11

01	くるま	⓪ 車	名 車子
02	おにいさん	② お兄さん	名 哥哥（敬稱）
03	へや	② 部屋	名 房間
04	えいが	① ⓪ 映画	名 電影
05	けいたいでんわ	⑤ 携帯電話	名 手機
06	いす	⓪ 椅子	名 椅子
07	テレビ	①	名 電視
08	ケーキ	①	名 蛋糕
09	きょうしつ	⓪ 教室	名 教室
10	きゃく	⓪ 客	名 顧客、客人
11	てんいん	⓪ 店員	名 店員
12	たかい	② 高い	形 貴的、高的
13	やすい	② 安い	形 便宜的
14	あたらしい	④ 新しい	形 新的
15	ふるい	② 古い	形 舊的
16	おおきい	③ 大きい	形 大的
17	ちいさい	③ 小さい	形 小的

> これは ちょっと
> 高いですね。

18	**ひろい**	② 広い	形 寬廣的
19	**せまい**	② 狭い	形 狹窄的
20	**おもしろい**	④ 面白い	形 有趣的
21	**むずかしい**	⓪ 難しい	形 難的
22	**おいしい**	⓪ ③ 美味しい	形 好吃的
23	**いい／よい**	① （良い）	形 好的
24	**わるい**	② 悪い	形 壞的
25	**おもい**	⓪ 重い	形 重的
26	**かるい**	⓪ 軽い	形 輕的
27	**あかい**	⓪ 赤い	形 紅的
28	**あおい**	② 青い	形 藍的、青的
29	**くろい**	② 黒い	形 黑的
30	**ちょっと**	①	副 有一點、稍微
31	**とても**	⓪	副 很、非常
32	**あまり**	⓪	副 太～
33	**〔～を〕みせてください**	〔～を〕見せて下さい	請給我看～
34	**ください**		慣 請給我～

第 3 課

二 文型　MP3-12

1 【形容詞＋名詞】

　　日語中的形容詞依照語尾變化方式，分為「形容詞」與「形容動詞」。「形容詞」因為原形為「語幹＋い」，外觀上語尾帶有「い」，所以又被稱為「イ形容詞」。形容詞後面可以直接接續名詞。

▶ これは 古_{ふる}い 本_{ほん}です。
▶ お兄_{にい}さんの 車_{くるま}は 大_{おお}きい 車_{くるま}です。
▶ あれは 広_{ひろ}い 部屋_{へや}です。

2 【～は～（形容詞）です】
　【～は～（形容詞）い＋くないです】

　　「形容詞」可以套用在「～は～です」當中，但是否定形時必須把「い」改成「くない」。

▶ あの 映画_{えいが}は 面白_{おもしろ}いですか。
　—はい、面白_{おもしろ}いです。
　—いいえ、面白_{おもしろ}く ないです。

> これは ちょっと 高いですね。

- 日本語は 難しいですか。
  — はい、難しいです。
  — いいえ、難しく ないです。

3 【とても＋形容詞です】
【あまり＋形容詞＋くないです】

「とても」、「あまり」皆為程度副詞，加在「形容詞」前面有強調程度的效果。

「とても」＋「形容詞」（肯定形）：非常～

「あまり」＋「形容詞」（否定形）：不太～

- この 教科書は いいですか。
  — はい、とても いいです。
  — いいえ、あまり よく ないです。

第3課

三 練習

1 （例）これは携帯電話です。（新しい）
　→ これは新しい携帯電話です。

❶ これは傘です。（赤い）
　→ ＿＿＿＿＿＿＿＿＿＿＿＿＿＿＿＿＿＿＿＿＿＿＿＿＿＿＿＿＿＿＿＿。

❷ それは椅子です。（小さい）
　→ ＿＿＿＿＿＿＿＿＿＿＿＿＿＿＿＿＿＿＿＿＿＿＿＿＿＿＿＿＿＿＿＿。

❸ あれはテレビです。（高い）
　→ ＿＿＿＿＿＿＿＿＿＿＿＿＿＿＿＿＿＿＿＿＿＿＿＿＿＿＿＿＿＿＿＿。

2 參考範例完成以下形容詞變化。

肯定形	否定形	肯定形	否定形
（例）大きい	（例）大きくない	重い	
小さい			軽くない
高い		広い	
	安くない	狭い	
新しい		いい	
古い		悪い	

> これは ちょっと 高いですね。

3 (例) その部屋は広いですか。
  ➡ いいえ、広くないです。

① あのケーキはおいしいですか。
  ➡ いいえ、＿＿＿＿＿＿＿＿＿＿＿＿＿＿＿＿＿＿＿＿＿。

② あの青いかばんは重いですか。
  ➡ いいえ、＿＿＿＿＿＿＿＿＿＿＿＿＿＿＿＿＿＿＿＿＿。

③ 先生の辞書は古いですか。
  ➡ いいえ、＿＿＿＿＿＿＿＿＿＿＿＿＿＿＿＿＿＿＿＿＿。

4 (例) その教科書は高いですか。
  ➡ はい、とても高いです。
    いいえ、あまり高くないです。

① あの車はいいですか。
  ➡ いいえ、＿＿＿＿＿＿＿＿＿＿＿＿＿＿＿＿＿＿＿＿＿。

② あなたのかばんは大きいですか。
  ➡ はい、＿＿＿＿＿＿＿＿＿＿＿＿＿＿＿＿＿＿＿＿＿。

③ その傘は軽いですか。
  ➡ いいえ、＿＿＿＿＿＿＿＿＿＿＿＿＿＿＿＿＿＿＿＿＿。

第 3 課

5 請用 5 個形容詞造句說明自己的房間。

① _____

② _____

③ _____

④ _____

⑤ _____

これは ちょっと 高いですね。

四 本文

デパートで

- 客　　：　すみません、あのかばんを見せてください。
- 店員　：　どれですか。
- 客　　：　あの赤いかばんです。
- 店員　：　これですか。
- 客　　：　はい、そうです。うん……これはちょっと重いですね。
- 店員　：　この黒いかばんは軽いですよ。
- 客　　：　ああ、とても軽いですね。

　　　　　じゃ、これ、ください！

第3課

五 日本文化直播

送禮學問大

　　日本的百貨公司裡有個不可思議的專櫃，稱為「ギフト」（禮品）。大部分設在高樓層的生活家飾區，櫃上東西不多，大約是毛巾、洗碗精、罐頭果汁等禮盒。但這些東西不是應該分布在各個樓層，挑選了之後請店員包裝成送禮用的禮盒就好了嗎？原來，這裡是讓客人依據產品型錄訂購宅配禮盒的專區，現場擺設的多只是樣品。

　　日本人跟台灣人一樣，重視節慶，喜好送禮。感謝親朋好友來參加結婚典禮要準備「引き出物」（謝禮）；生小孩時，會請吃蜂蜜蛋糕來「内祝い」（分享喜悅）；孫子上小學，爺爺奶奶會送書包當作「入学祝い」（升學禮）；收到情人節巧克力後必須回送「お返し」（回禮），如此不斷地循環下去，再加上各種固定的年節，也難怪百貨公司要設這樣的專櫃，一次搞定所有送禮的問題。

　　不過，日本人送禮的內容跟台灣人很不一樣，我曾經在搬家時收到時鐘；聖誕節時收到手帕；升職時收到扇子……這些在台灣幾乎全是不可送人的禁忌之物，卻是日本人最愛的禮品之選。當然，日本也有一些特殊的送禮禁忌，比如探病時絕對不可以送「鉢植え」（盆栽），因為種在花盆裡的植物，根往土裡生長，稱為「根付く」（根深入土），會令人聯想到同音異字的「寝付く」（臥病在床），也就是病重難以康復。其他，還有如凋零時會整朵像斷頭似地掉落的茶花或鬱金香，以及葬禮常用的白、青、紫色系的花，或是花香太重的百合、水仙，都不受歡迎喔。

4

納豆が
苦手です。

第4課

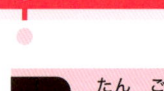

一 単語　MP3-14

01	なっとう	③ 納豆	名 日式發酵黃豆食品
02	たいぺい	⓪ 台北	名 台北
03	たいなん	⓪ 台南	名 台南
04	まち	② 町	名 城鎮
05	ひと	⓪ 人	名 人
06	にちようび	③ 日曜日	名 星期天
07	すし	② 寿司	名 壽司
08	てんぷら	⓪ 天ぷら	名 天婦羅、炸物
09	にほんりょうり	④ 日本料理	名 日本料理
10	ピアノ	⓪	名 鋼琴
11	バレーボール	④	名 排球
12	くつ	② 靴	名 鞋子
13	しんかんせん	③ 新幹線	名 新幹線
14	こうえん	⓪ 公園	名 公園
15	こども	⓪ 子供	名 小孩
16	がっこう	⓪ 学校	名 學校
17	たべもの	②③ 食べ物	名 食物

納豆が　苦手です。

18	マンゴーかきごおり	❼ マンゴーかき氷	名 芒果剉冰
19	にぎやか〔な〕	❷ 賑やか〔な〕	形動 熱鬧的
20	しんせつ〔な〕	❶ 親切〔な〕	形動 親切的、和氣的
21	すき〔な〕	❷ 好き〔な〕	形動 喜歡的
22	きらい〔な〕	❰ 嫌い〔な〕	形動 討厭的
23	きれい〔な〕	❶ 綺麗〔な〕	形動 漂亮的、乾淨的
24	しずか〔な〕	❶ 静か〔な〕	形動 安靜的
25	しんせん〔な〕	❰ 新鮮〔な〕	形動 新鮮的
26	じょうず〔な〕	❸ 上手〔な〕	形動 很棒的、高明的、嫻熟的
27	へた〔な〕	❷ 下手〔な〕	形動 不熟練的、笨拙的
28	とくい〔な〕	❷ 得意〔な〕	形動 拿手的
29	にがて〔な〕	❰ 苦手〔な〕	形動 不擅於、最怕、棘手
30	べんり〔な〕	❶ 便利〔な〕	形動 方便的
31	あんぜん〔な〕	❰ 安全〔な〕	形動 安全的
32	げんき〔な〕	❶ 元気〔な〕	形動 有活力的

第4課　納豆が　苦手です。　| 047

第4課

二 文型
MP3-15

1 【形容動詞＋名詞】

　　日語中的形容詞依照語尾變化方式，分為「形容詞」與「形容動詞」。由於「形容動詞」原形為「語幹＋だ」，在接續名詞的時候，「だ」必須轉換成「な」，故又被稱為「ナ形容詞」。

> ▶ 台北（たいぺい）は　にぎやかな　町（まち）です。
> ▶ 李（り）さんの　お母（かあ）さんは　親切（しんせつ）な　人（ひと）です。
> ▶ 好（す）きな　人（ひと）は　誰（だれ）ですか。

2 【～は～（形容動詞）です】
　　【～は～（形容動詞）ではありません】

　　套用在「～は～です」中的「形容動詞」，直接以語幹後接「です」即可。否定形為「～は～（形容動詞）ではありません」。「形容動詞」的前面常會加上副詞強調程度。

> ▶ 淡水（たんすい）は　とても　きれいです。
> ▶ 日曜日（にちようび）の　学校（がっこう）は　静（しず）かです。
> ▶ この　寿司（すし）は　あまり　新鮮（しんせん）ではありません。

> 納豆が 苦手です。

3 【（人）は～が好き／嫌いです】

表達人的好惡時使用「～が好き／嫌いです」，助詞「が」有許多語意用法，在此表示「好惡」。而在表達人的「能力」時，則會使用「（人）は～が上手／下手です」或「（人）は～が得意／苦手です」。

- ▸私は 寿司が 好きです。
- ▸吉田さんは ピアノが 上手です。
- ▸鄭さんは バレーボールが 得意です。

4 【～は～より（形容詞／形容動詞）です】

表示比較基準的助詞「より」用於比較兩者程度。

- ▸この 赤い 靴は あの 黒い 靴より 安いです。
- ▸新幹線は 車より 安全です。
- ▸私の 携帯電話は 張さんのより 古いです。

第4課

三 練習

1 (例) 日曜日・淡水・にぎやか
   ➡ 日曜日の淡水はにぎやかです。

① この・公園・静か
   ➡ ＿＿＿＿＿＿＿＿＿＿＿＿＿＿＿＿＿＿＿＿＿＿＿＿＿＿＿＿。

② 台湾・新幹線・便利
   ➡ ＿＿＿＿＿＿＿＿＿＿＿＿＿＿＿＿＿＿＿＿＿＿＿＿＿＿＿＿。

2 (例) 林さん・親切・人
   ➡ 林さんは親切な人です。

① 丸子・元気・子供
   ➡ ＿＿＿＿＿＿＿＿＿＿＿＿＿＿＿＿＿＿＿＿＿＿＿＿＿＿＿＿。

② 刺身・苦手・食べ物
   ➡ ＿＿＿＿＿＿＿＿＿＿＿＿＿＿＿＿＿＿＿＿＿＿＿＿＿＿＿＿。

3 (例) 山田さん・英語・上手
   ➡ 山田さんは英語が上手です。

① 張さん・マンゴーかき氷・好き
   ➡ ＿＿＿＿＿＿＿＿＿＿＿＿＿＿＿＿＿＿＿＿＿＿＿＿＿＿＿＿。

② 蔡さん・納豆・嫌い
   ➡ ＿＿＿＿＿＿＿＿＿＿＿＿＿＿＿＿＿＿＿＿＿＿＿＿＿＿＿＿。

> 納豆が 苦手です。

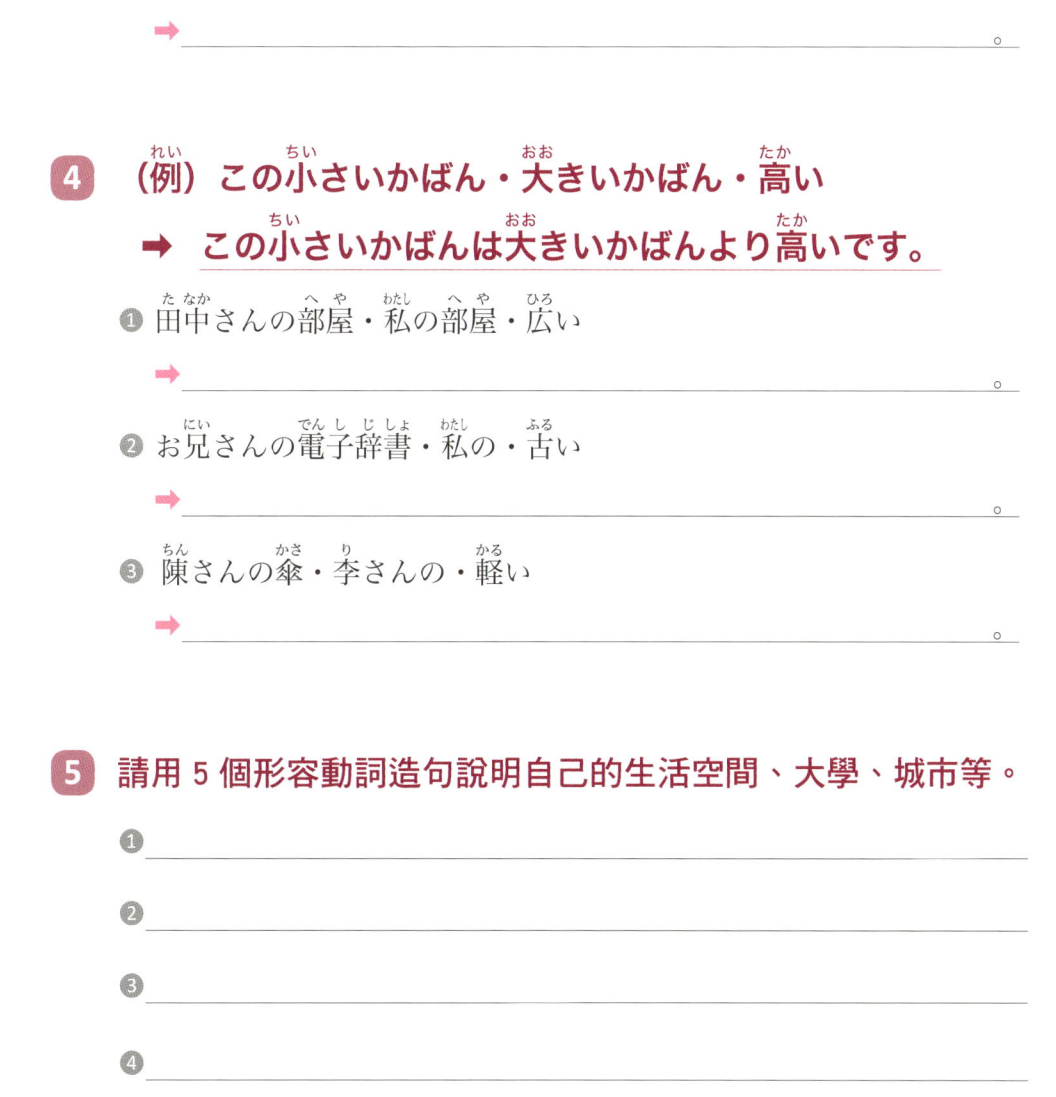

❸ 私・フランス語・下手

→ _____。

[4] （例）この小さいかばん・大きいかばん・高い
→ この小さいかばんは大きいかばんより高いです。

❶ 田中さんの部屋・私の部屋・広い

→ _____。

❷ お兄さんの電子辞書・私の・古い

→ _____。

❸ 陳さんの傘・李さんの・軽い

→ _____。

[5] 請用5個形容動詞造句說明自己的生活空間、大學、城市等。

❶ _____

❷ _____

❸ _____

❹ _____

❺ _____

第4課

四 本文(ほんぶん)

MP3-16

李：木村さん、好きな食べ物は何ですか。
木村：マンゴーかき氷です。
　　　台湾のマンゴーは、とてもおいしいですね。
李：そうですね。台南のマンゴーかき氷は台北のより安いですよ。
木村：へえ、そうですか。李さんは、好きな日本料理は何ですか。
李：そうですね。私は寿司と天ぷらが好きです。
木村：納豆は？
李：納豆はちょっと……。
木村：ああ、納豆が苦手ですか。

納豆が　苦手です。

五　日本文化直播

黃色新幹線

　　2020 年 5 月，日本 NHK 電視台製作了一齣短篇連續劇「路～台湾エクスプレス～」，改編自吉田修一的同名小說《路》。大家都知道台灣高鐵用的是日本進口的新幹線車廂，這部小說正是以當時台灣建造高速鐵路的時空為背景，而連續劇的拍攝舞台當然也多在台灣。

　　日本新幹線開駛於 1964 年，雖然修建鐵道的計畫在先，但為了迎接當年在東京舉辦的「東京五輪」（東京奧林匹克運動會），特別選在運動會開幕前的 10 月 1 日通車，被稱為「夢の超特急」（夢想中的超級特快列車）。第一代新幹線車輛稱為「0 系」（0 系），圓弧形的車頭設計讓新幹線在行駛時就像飛機快速滑走於地面，車身的藍白配色也令人聯想到青天和白雲。事實上，在價格競爭上也總是聽聞有人煩惱著，到底搭飛機比較便宜？還是搭新幹線划算？

　　2020 年 7 月 1 日，新幹線推出睽違 13 年全面改良的第六代車輛 N700 型「S 系」（S 系），強調無論在搭乘的舒適度或是高速行駛的平穩度上，都已達到「スプリーム」（Supreme；極致）的境界。

　　不過，不管新幹線如何演進，「鉄道ファン」（鐵道迷）最愛的卻是神出鬼沒的「ドクターイエロー」（Dr. Yellow），黃色的車身，不定期往返東京和博多，以檢測鐵道相關的各項設備。因為難得一見，甚至傳出「看到黃色新幹線就能獲得幸福」的都市傳說呢。

メモ

5

料理（りょうり）も
おいしかったです。

第5課

一 単語(たんご)　MP3-17

01	りょうり	① 料理	名 料理
02	けさ	① 今朝	名 今天早上
03	パーティー	①	名 派對、舞會
04	しごと	⓪ 仕事	名 工作
05	テスト	①	名 考試、測驗
06	てんき	① 天気	名 天氣
07	りょう	① 寮	名 宿舍
08	こうこう	⓪ 高校	名 高中
09	とき	② 時	名 時間、時候
10	せんしゅう	⓪ 先週	名 上週、上星期
11	きのう	② 昨日	名 昨天
12	コンビニ	⓪	名 便利商店
13	スーパー	①	名 超市
14	サンドイッチ	④	名 三明治
15	パソコン	⓪	名 個人電腦
16	ゆうひ	⓪ 夕日	名 夕陽
17	しゅくだい	⓪ 宿題	名 作業、習題

料理も　おいしかったです。

18	**べんきょう**	⓪ 勉強	名 課業、念書
19	**りょこう**	⓪ 旅行	名 旅行
20	**やま**	② 山	名 山
21	**うみ**	① 海	名 海
22	**おみやげ**	⓪ お土産	名 土產、紀念品、伴手禮
23	**さむい**	② 寒い	形 寒冷的
24	**あかるい**	⓪ 明るい	形 明亮的
25	**くらい**	⓪ 暗い	形 黑的、暗的
26	**いそがしい**	④ 忙しい	形 忙碌的
27	**たのしい**	③ 楽しい	形 開心的、好玩的
28	**ゆうめい〔な〕**	⓪ 有名〔な〕	形動 有名的
29	**かんたん〔な〕**	⓪ 簡単〔な〕	形動 簡單的
30	**たいへん〔な〕**	⓪ 大変〔な〕	形動 辛苦的
31	**ひま〔な〕**	⓪ 暇〔な〕	形動 空閒的
32	**まじめ〔な〕**	⓪ 真面目〔な〕	形動 認真的
33	**ぜんぜん**	⓪ 全然	副 完全不～（後接否定形）

第 5 課

二 文型　MP3-18

1 【形容詞過去式：形容詞語幹＋かったです】

形容詞語尾活用，語幹＋「かった」為過去式的表現。

- 今朝は　寒かったです。
- 部屋は　明るかったです。
- パーティーの　料理は　おいしかったです。

2 【形容詞過去式否定形：形容詞語幹＋くなかったです】

形容詞語尾活用，連用形く＋否定接詞「ない」的過去式「なかった」。

- 天気は　あまり　良く　なかったです。
- 昨日の　仕事は　全然　忙しく　なかったです。

料理も　おいしかったです。

3 【形容動詞過去式：形容動詞語幹＋でした】

形容動詞語幹＋「だった」成為過去式。但因為要日文説得體面，此處將「だった」改成美化體「でした」。

▶ あの　町は　にぎやかでした。
▶ 日本語の　テストは　簡単でした。
▶ 彼は　高校の　時　有名でした。

4 【形容動詞過去式否定形：形容動詞語幹＋ではありませんでした】

形容動詞語幹＋美化體「でした」成為過去式。而「でした」的否定句，則需改成「ではありませんでした」。

▶ 寮の　部屋は　きれいではありませんでした。
▶ 張さんは　高校の　時、真面目ではありませんでした。
▶ あの　小さい　車は　あまり　安全ではありませんでした。

第5課

5 【名詞過去式：名詞＋でした】
【名詞過去式否定形：名詞＋ではありませんでした】

名詞＋美化體「です」的過去式「でした」。

名詞肯定句是名詞＋美化體「です」，而「です」的否定句是「ではありません」。若要用過去式表現的話，就需再加上「でした」，成為「ではありませんでした」。

▶ 彼の　お父さんは　英語の　先生でした。
▶ 先週は　とても　いい　天気でした。
▶ あれは　吉田さんの　傘ではありませんでした。

料理も おいしかったです。

三 練習

1 （例）ケーキ・おいしい

→ ケーキはおいしかったです。

① 昨日の映画・面白い

→ ＿＿＿＿＿＿＿＿＿＿＿＿＿＿＿＿＿＿＿＿＿＿＿＿＿＿＿＿＿＿。

② 先週の日曜日のパーティー・楽しい

→ ＿＿＿＿＿＿＿＿＿＿＿＿＿＿＿＿＿＿＿＿＿＿＿＿＿＿＿＿＿＿。

③ このコンビニのサンドイッチ・安い

→ ＿＿＿＿＿＿＿＿＿＿＿＿＿＿＿＿＿＿＿＿＿＿＿＿＿＿＿＿＿＿。

2 （例）このかばん・高い

→ このかばんは高くなかったです。

① 電子辞書・新しい

→ ＿＿＿＿＿＿＿＿＿＿＿＿＿＿＿＿＿＿＿＿＿＿＿＿＿＿＿＿＿＿。

② 私の部屋・広い

→ ＿＿＿＿＿＿＿＿＿＿＿＿＿＿＿＿＿＿＿＿＿＿＿＿＿＿＿＿＿＿。

③ パソコン教室・暗い

→ ＿＿＿＿＿＿＿＿＿＿＿＿＿＿＿＿＿＿＿＿＿＿＿＿＿＿＿＿＿＿。

第5課

3 （例）昨日の夕日はきれいでしたか。

→ はい、昨日の夕日はきれいでした。

いいえ、昨日の夕日はきれいではありませんでした。

❶ 昨日の宿題は簡単でしたか。

→ はい、＿＿＿＿＿＿＿＿＿＿＿＿＿＿＿＿＿＿＿＿＿＿＿＿＿＿＿。

❷ パーティーはにぎやかでしたか。

→ いいえ、＿＿＿＿＿＿＿＿＿＿＿＿＿＿＿＿＿＿＿＿＿＿＿＿。

❸ 高校の時、暇でしたか。

→ いいえ、＿＿＿＿＿＿＿＿＿＿＿＿＿＿＿＿＿＿＿＿＿＿＿＿。

4 （例）陳さん・真面目・学生

→ 陳さんは真面目な学生でした。

陳さんは真面目な学生ではありませんでした。

❶ それ・楽しい・旅行

→ ＿＿＿＿＿＿＿＿＿＿＿＿＿＿＿＿＿＿＿＿＿＿＿＿＿＿＿＿＿＿＿＿。

→ ＿＿＿＿＿＿＿＿＿＿＿＿＿＿＿＿＿＿＿＿＿＿＿＿＿＿＿＿＿＿＿＿。

料理も　おいしかったです。

5 請敘述自己在高中的生活。（例如：高中時期是怎麼樣的學生？課業對你是不是難的事？）

第5課

四 本文

MP3-19

寮で

蔡　：　ただいま。
吉田：　お帰りなさい。
　　　　旅行はどうでしたか。楽しかったですか。
蔡　：　はい。山も海もきれいでした。
　　　　料理もおいしかったですよ。
吉田：　それはよかったですね。
蔡　：　ええ、とても楽しかったです。
　　　　でも、ちょっと寒かったです。
吉田：　そうですか。
蔡　：　あ！これ、お土産です。どうぞ。
吉田：　ありがとう。

料理も おいしかったです。

五 日本文化直播

便利商店

　　台灣便利商店密度之高，世界知名，很多人上街時習慣隨意在便利商店買買飲料、零食或簡單日用品。或許比一般超市貴一點，但在便利性與價格的取捨之間，多數人仍願意購買便利商店的商品。

　　而日本的便利商店卻有些不同。日本的便利商店多設在車站附近或單身出租住宅多的地區，上班族早上趕電車時順手買個「おにぎり」（飯糰）當早餐，晚上加班晚了也可以簡單買個「ビニ弁」（便利餐盒）回家微波。一般住宅區如果有大型超市或是藥妝店，就難得看到便利商店，因為便利商店的商品價格比超市貴很多，精打細算的主婦們是不會到便利商店買醬油的。並且，許多藥妝店開始超市化，除了醫藥品和化妝品，也兼賣飲料、零食和日用品，甚至打著「ドラッグストア」（藥妝店）的招牌，卻有比超市更大的冷凍冷藏櫃，說不定購買冷凍食材或生鮮食品類的顧客更多。

　　不過，日本的便利商店也有各自的特色，比如「ローソン」（LAWSON）的生乳蛋糕捲，曾經創下5天賣了100萬個的紀錄；「ファミリーマート」（Family Mart）主打炸雞排和炸雞腿；「ミニストップ」（MINI STOP）則以各種季節性霜淇淋培養了許多死忠的冰迷。而最知名的「セブンイレブン」（7-ELEVEN），雖然是日本店家數最多的便利商店，1974年在東京開了第一間店後，卻遲至2019年的沖繩店開張，才稱霸了日本全國，終於真正成為便利商店界的龍頭老大。

メモ

6

バス停(てい)は
どこに
ありますか。

第6課

一 単語(たんご)　MP3-20

01	うえ	⓪ 上	名 上面、上方
02	した	⓪ 下	名 下面、下方
03	みぎ	⓪ 右	名 右邊、右方
04	ひだり	⓪ 左	名 左邊、左方
05	まえ	① 前	名 前面、前方
06	うしろ	⓪ 後ろ	名 後面、後方
07	あいだ	⓪ 間	名 之間
08	なか	① 中	名 裡面
09	そと	① 外	名 外面
10	ちかく	② 近く	名 附近
11	むかいがわ	⓪ 向かい側	名 對面
12	つぎ	② 次	名 次一個、下一個
13	～かい	～階	名 ～樓
14	いぬ	② 犬	名 狗
15	ねこ	① 猫	名 貓
16	バスてい	⓪ バス停	名 公車站
17	えき	① 駅	名 車站

> バス停は どこに ありますか。

18	ゆうびんきょく	③ 郵便局	名 郵局
19	びょういん	⓪ 病院	名 醫院
20	こうばん	⓪ 交番	名 派出所
21	えいがかん	③ 映画館	名 電影院
22	ほんだな	① 本棚	名 書架
23	どこ	①	名 哪裡
24	れいぞうこ	③ 冷蔵庫	名 冰箱
25	ぎゅうにゅう	⓪ 牛乳	名 牛奶
26	ところ	③ 所	名 地方
27	こたつ	⓪	名 暖桌
28	はさみ	③	名 剪刀
29	ペン	①	名 筆
30	けしゴム	⓪ 消しゴム	名 橡皮擦
31	とおい	⓪ 遠い	形 遠的
32	あたたかい	④ 暖かい・温かい	形 溫暖的、溫熱的
33	あります	③	動・五 存在、有（無生命）
34	います	②	動・上一 存在、有（有生命）

第6課　バス停は　どこに　ありますか。| 069

第 6 課

二 文型 (ぶんけい)
MP3-21

1 【～は～にあります／います】

表示「某人、動物或物品存在於某處」。助詞「に」前面為「存在地點」。動詞「あります」及「います」分別表示「無生命」及「有生命」的「存在、有」。

- 牛乳(ぎゅうにゅう)は 冷蔵庫(れいぞうこ)に あります。
- 映画館(えいがかん)は 駅(えき)の 向(む)かい側(がわ)に あります。
- 猫(ねこ)は 椅子(いす)の 下(した)に います。
- 先生(せんせい)は 教室(きょうしつ)に いますか。
- 郵便局(ゆうびんきょく)は どこに ありますか。

2 【ません】

表示動詞否定。動詞「ます」表示肯定，將「ます」換成「ません」即表示否定。

- はさみは 本棚(ほんだな)の 中(なか)に ありません。
- 友達(ともだち)は バス停(てい)に いません。
- 学生(がくせい)は 教室(きょうしつ)に いません。

> バス停は どこに ありますか。

3 【〜と〜】

連接兩個名詞,表示「和、以及」。

- 私と 林さんは 台湾人です。
- ペンと 消しゴムは かばんの 中に あります。
- 交番は 郵便局と 病院の 間に あります。

第6課

三 練習

1 （例）お茶・机の上・あります
　→ お茶は机の上にあります。

① 淡江大学・淡水・あります
　→ ＿＿＿＿＿＿＿＿＿＿＿＿＿＿＿＿＿＿＿＿＿＿＿＿＿＿＿＿＿。

② 鉛筆・かばんの中・あります
　→ ＿＿＿＿＿＿＿＿＿＿＿＿＿＿＿＿＿＿＿＿＿＿＿＿＿＿＿＿＿。

③ 猫・本棚の上・います
　→ ＿＿＿＿＿＿＿＿＿＿＿＿＿＿＿＿＿＿＿＿＿＿＿＿＿＿＿＿＿。

2 （例）水筒・机の上・あります
　→ 水筒は机の上にありません。

① 病院・駅の前・あります
　→ ＿＿＿＿＿＿＿＿＿＿＿＿＿＿＿＿＿＿＿＿＿＿＿＿＿＿＿＿＿。

② 私・大学・います
　→ ＿＿＿＿＿＿＿＿＿＿＿＿＿＿＿＿＿＿＿＿＿＿＿＿＿＿＿＿＿。

バス停は どこに ありますか。

3 (例) 教科書・ノート・机の上・あります
→ 教科書とノートは机の上にあります。

① 林さん・陳さん・学校・います
→ ＿＿＿＿＿＿＿＿＿＿＿＿＿＿＿＿＿＿＿＿＿＿＿＿＿＿＿＿＿＿＿＿＿＿＿。

② 父・母・淡水・います
→ ＿＿＿＿＿＿＿＿＿＿＿＿＿＿＿＿＿＿＿＿＿＿＿＿＿＿＿＿＿＿＿＿＿＿＿。

③ デパート・映画館・駅の前・あります
→ ＿＿＿＿＿＿＿＿＿＿＿＿＿＿＿＿＿＿＿＿＿＿＿＿＿＿＿＿＿＿＿＿＿＿＿。

4 請用「～は～にあります／います」的句型描述周圍的人及物。

① ＿＿＿＿＿＿＿＿＿＿＿＿＿＿＿＿＿＿＿＿＿＿＿＿＿＿＿＿＿＿＿＿＿＿＿

② ＿＿＿＿＿＿＿＿＿＿＿＿＿＿＿＿＿＿＿＿＿＿＿＿＿＿＿＿＿＿＿＿＿＿＿

③ ＿＿＿＿＿＿＿＿＿＿＿＿＿＿＿＿＿＿＿＿＿＿＿＿＿＿＿＿＿＿＿＿＿＿＿

④ ＿＿＿＿＿＿＿＿＿＿＿＿＿＿＿＿＿＿＿＿＿＿＿＿＿＿＿＿＿＿＿＿＿＿＿

⑤ ＿＿＿＿＿＿＿＿＿＿＿＿＿＿＿＿＿＿＿＿＿＿＿＿＿＿＿＿＿＿＿＿＿＿＿

第6課

第6課

四 本文

MP3-22

交番で

王　　　：あのう、すみません、バス停はどこにありますか。
警察官：バス停ですか。あの郵便局の前にありますよ。
王　　　：そうですか。あのう、駅も近くにありますか。
警察官：いいえ、駅は遠いですよ。
　　　　　このバス停と次のバス停の間にあります。
王　　　：えっ！はあ、そうですか。ありがとうございます。

バス停は どこに ありますか。

寒波が来た時

第6課

- 孫 ： おばあちゃん、猫はどこにいますか。
- 祖母： こたつの中にいますよ。猫は暖かいところが好きです。
- 孫 ： あれ？犬はこたつの中にいませんね。
- 祖母： 犬は部屋の外にいますよ。
- 孫 ： へえ、犬は元気ですね。

第 6 課

五 日本文化直播

暖桌

　　我很喜歡「暖桌」這個字,譯自日文的「こたつ」,是一種席地而坐用的矮桌,桌子底下安裝了紅外線暖燈,將四方形的薄棉被覆蓋在桌架上後,放上活動式桌板,就是一個可以讓下半身暖呼呼的不可思議的傢俱。整個冬天,不論是吃飯、看電視,還是聊天、寫作業,只要開著暖桌,全家大小都會願意擠進這小小的桌子,任憑一堆腳丫子扭打在一起。

　　暖桌、橘子和馬拉松,是日本人過年的三種神器。台灣人過年注重大年夜能否回家團圓圍爐,而日本人過年則更重視元旦。如果前一天的午夜沒有去擠頭香,就在元旦早上到附近的神社或寺院「初詣で」(新年參拜)。中午,或許做些特別的餐點搭配「おせち料理」(年菜),然後便圍在暖桌旁,邊吃橘子邊看電視。電視台當然也會製作過年特別節目,但轉來轉去卻都在轉播馬拉松。「箱根駅伝」(箱根馬拉松)是日本最有名的馬拉松接力競賽,正式名稱為「東京箱根間往復大学駅伝競走」,1920 年開跑,東京到箱根,一來一往長達 271.1 公里,選手們必須花兩天的時間才能跑完全程,不同的地勢與嚴冬多變的氣候也是讓這場馬拉松更有看頭的因素。

　　每到過年,翻開各種漫畫書刊,就會看到如下插圖般的悠閒光景,但我真的無法理解連續守在電視前看兩天的馬拉松轉播的心情啊。倒是,撈撈暖桌下藏了什麼,才能引起我的興趣。

7

かばんの 中(なか)に
何(なに)が
ありますか。

第7課

一 単語(たんご) MP3-23

01	となり	⓪ 隣	名 旁邊、隔壁
02	うら	② 裏	名 內面、內情、反面
03	まんが	⓪ 漫画	名 漫畫
04	はか	② 墓	名 墳墓
05	にわ	⓪ 庭	名 院子、庭院
06	レストラン	①	名 餐廳
07	ぎんこう	⓪ 銀行	名 銀行
08	ひきだし	⓪ 引出し	名 抽屜
09	テーブル	⓪	名 餐桌
10	ベッド	①	名 床
11	さいふ	⓪ 財布	名 錢包
12	がくせいしょう	⓪ 学生証	名 學生證
13	ゆめ	② 夢	名 夢、夢想
14	いえ	② 家	名 家、房子
15	もの	② 物	名 東西、物品
16	くだもの	② 果物	名 水果
17	バナナ	①	名 香蕉

> かばんの 中に 何が ありますか。

18	**おとこのひと**	⑥ 男の人	名 男人
19	**おんなのひと**	⑥ 女の人	名 女人
20	**おとこのこ**	③ 男の子	名 男孩
21	**おんなのこ**	③ 女の子	名 女孩
22	**ひとり**	② 1人	名 一個人
23	**ふたり**	③ 2人	名 二個人
24	**～にん**	～人	名 ～人
25	**～ほん**	～本	名（細長物品）～隻、～根、～瓶
26	**～さつ**	～冊	名（書本）～冊
27	**うるさい**	③	形 吵雜的
28	**たくさん**	③	副 很多
29	**さあ**	①	感 表示「不知道」時使用的感嘆詞，亦可用於表「催促」之意。

第7課　かばんの 中に 何が ありますか。　｜　079

第 7 課

二 文型　MP3-24

1 【～に～が　（數量詞）　あります・います】

「在某處有某物／人」的句型。「に」表「存在地點」。「が」表主詞，指前面的名詞為存在的「物或人」。數量詞一般置於動詞前面。

- テーブルの　上に　果物が　あります。
- 私の　部屋に　ベッドと　テーブルと　椅子が　あります。
- かばんの　中に　本が　3冊　あります。
- 庭に　男の子が　2人　います。

2 【疑問詞＋か】

「疑問詞＋か」表示「某個不確定或未知的人、地、物」。例如：「誰か→某人、どこか→某處、何か→某個東西」。

- 教室に　誰か　いますよ。
- 何か　おいしい　ものが　ありますか。
- どこか　いい　レストランが　ありますか。

> かばんの 中に 何が ありますか。

3 【疑問詞＋も】

「疑問詞＋も」後面接續否定形，表示完全否定。

- 教室に 誰も いません。
- かばんの 中に 何も ありません。
- A：家に 誰か いますか。

  B：はい、父が います。

  C：いいえ、誰も いません。

第7課

三 練習

1 (例) 部屋・男の人・1人・います
　→ 部屋に男の人が1人います。

① 机の下・猫・います。
　→ ＿＿＿＿＿＿＿＿＿＿＿＿＿＿＿＿＿＿＿＿＿＿＿＿＿＿＿＿＿＿＿＿＿。

② 冷蔵庫・バナナ・2本・あります
　→ ＿＿＿＿＿＿＿＿＿＿＿＿＿＿＿＿＿＿＿＿＿＿＿＿＿＿＿＿＿＿＿＿＿。

③ 本棚・日本語の本・5冊・あります
　→ ＿＿＿＿＿＿＿＿＿＿＿＿＿＿＿＿＿＿＿＿＿＿＿＿＿＿＿＿＿＿＿＿＿。

④ 学校の前・学生・3人・います
　→ ＿＿＿＿＿＿＿＿＿＿＿＿＿＿＿＿＿＿＿＿＿＿＿＿＿＿＿＿＿＿＿＿＿。

2 (例) あそこ・何か・あります・か／いいえ
　→ A：あそこに何かありますか。
　　 B：いいえ、何もありません。

① 引出しの中・何か・あります・か／はい・鉛筆
　→ A：＿＿＿＿＿＿＿＿＿＿＿＿＿＿＿＿＿＿＿＿＿＿＿＿＿＿＿＿＿。
　→ B：＿＿＿＿＿＿＿＿＿＿＿＿＿＿＿＿＿＿＿＿＿＿＿＿＿＿＿＿＿。

> かばんの 中に
> 何が ありますか。

❷ 部屋の外・誰か・います・か／いいえ

➡ A：＿＿＿＿＿＿＿＿＿＿＿＿＿＿＿＿＿＿＿＿＿＿＿＿＿＿＿＿＿＿＿。

➡ B：＿＿＿＿＿＿＿＿＿＿＿＿＿＿＿＿＿＿＿＿＿＿＿＿＿＿＿＿＿＿＿。

3 請用第 6 課及第 7 課的文型，描述「夢想中的家」。

（例）私の夢の家に大きい庭があります。

第7課

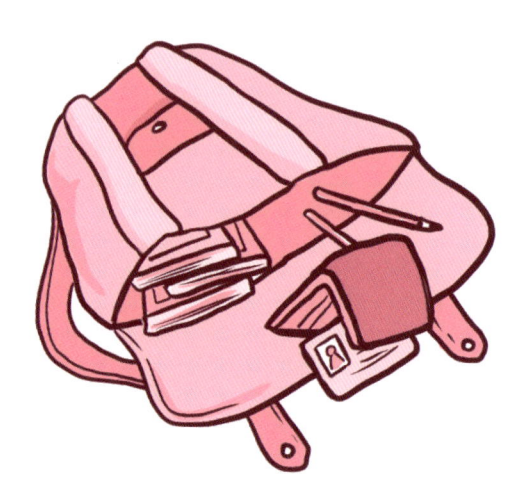

四 本文(ほんぶん)

MP3-25

吉田(よしだ)：これ、誰(だれ)のかばんですか。

田中(たなか)：さあ。かばんの中(なか)に何(なに)かありますか。

吉田(よしだ)：ええ、日本語(にほんご)の漫画(まんが)がたくさんあります。鉛筆(えんぴつ)が2本(にほん)あります。財布(さいふ)もあります。

田中(たなか)：財布(さいふ)の中(なか)に学生証(がくせいしょう)がありませんか。

吉田(よしだ)：あ、あります、あります。このかばんは林(りん)さんのです。

> かばんの 中に 何が ありますか。

不動産屋が客を案内している時

- 客　　　：いい部屋ですね。
- 不動産屋：ええ、近くにコンビニとスーパーがあります。
　　　　　　銀行もあります。とても便利です。
　　　　　　隣に大きい公園もありますよ。
- 客　　　：ちょっとうるさいですね。部屋の裏に何かありますか。
- 不動産屋：裏は静かですよ。お墓です。
- 客　　　：えっ……。

第 7 課

五 日本文化直播

2LDK

　　One Room、1DK、2LDK，這是我在日本租過的房子格局。「ワンルーム」（One Room）是所謂的套房，通常一進門有個簡易廚房和衛浴，再走進去就只剩下個開放的空間，可能只有 3 坪大，也可能有 10 多坪，像是空盪盪的辦公室。1DK 指的是有一個獨立的房間，加上「ダイニング」（Dining；飯廳）和「キッチン」（Kitchen；廚房）。而 2LDK 的 L 則是「リビング」（Living；客廳），因此是兩個房間加上客廳、飯廳和廚房，也就是標準的兩房住宅。

　　搞清楚自己想租的房子格局後，就可以開始找房子了。不過日本幾乎沒有台灣所謂的屋主自租，而是由房仲代理帶看房子、簽約，而入住後收房租、解決房客各種疑難雜症則由物業管理公司負責。此外，在日本租房子，除了「敷金」（しききん）（押金）之外，房客在入住前還必須付一筆「礼金」（れいきん）（禮金）給房東，表達對房東願意出租的感謝。多數的台灣人可能會認為花錢的是大爺，應該是房東要答謝房客才對；而日本人的思考邏輯則是，自己沒有房子住，卻有人願意把多出來的房子借出，理應表達謝意。不過這是過往房屋建設不足時代的事情了，現在很多房東也開始傾向不收禮金，但希望儘早把空屋租出去。

　　日本的房屋出租還有個特徵，便是大部分都不含任何傢俱與家電，一來房東可以減少汰舊換新或維修的問題，二來房客也可以隨自己喜好來布置房子。不過要注意的是，有的房子甚至連最基本的固定燈具都沒有，在「内覧」（ないらん）（看房子）時可要多留意喔。

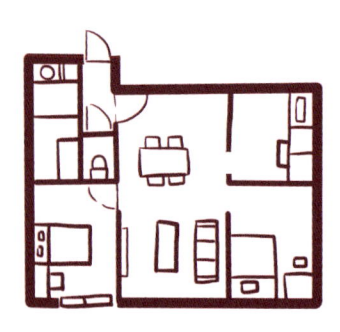

8

いつも どこで
買い物しますか。

第 8 課

一 単語(たんご)　MP3-26

01	しんぶん	⓪ 新聞	名 報紙
02	やさい	⓪ 野菜	名 蔬菜
03	べんとう	③ 弁当	名 便當
04	おかし	② お菓子	名 零食、點心
05	ごはん	① ご飯	名 飯
06	おさけ	⓪ お酒	名 酒
07	レポート	②	名 報告
08	おんがく	① 音楽	名 音樂
09	て	① 手	名 手
10	みせ	② 店	名 商店
11	きょう	① 今日	名 今天
12	あした	③ 明日	名 明天
13	こんど	① 今度	名 下回、距離現在最近的這次
14	やすみのひ	⑤ 休みの日	名 假日
15	すてき〔な〕	⓪ 素敵〔な〕	形動 極好的、極佳的、漂亮的
16	かいます	③ 買います	動・五 購買
17	かきます	③ 書きます	動・五 寫

> いつも どこで
> 買い物しますか。

18	ききます	③ 聞きます・聴きます	動・五 聴、問
19	のみます	③ 飲みます	動・五 喝
20	よみます	③ 読みます	動・五 閲讀
21	あらいます	④ 洗います	動・五 洗
22	いきます	③ 行きます	動・五 去
23	みます	② 見ます	動・上一 看
24	たべます	③ 食べます	動・下一 吃
25	します	②	動・サ変 做
26	べんきょうします	⑥ 勉強します	動・サ変 讀書、學習
27	しょくじします	⑤ 食事します	動・サ変 用餐
28	うんどうします	⑥ 運動します	動・サ変 運動
29	かいものします	⑥ 買い物します	動・サ変 購物
30	りょうりします	① 料理します	動・サ変 做菜、烹飪
31	いっしょに	⓪ 一緒に	副 一起
32	いつも	①	副 總是
33	どう	①	副 如何
34	ぜひ	①	副 務必、無論如何（用於表示自己的希望或邀請他人）

第 8 課

二 文型 (ぶんけい)　　MP3-27

1【～を】

助詞「を」表示前面的名詞為後接動詞的直接受詞。

- 新聞(しんぶん)を 読(よ)みます。
- 野菜(やさい)を 買(か)います。
- 今日(きょう)は 宿題(しゅくだい)を しません。
- 私(わたし)は お酒(さけ)を 飲(の)みません。
- 明日(あした) 何(なに)を しますか。

2【～で】

助詞「で」表示動作的地點。

- 大学(だいがく)で 日本語(にほんご)を 勉強(べんきょう)します。
- 公園(こうえん)で 弁当(べんとう)を 食(た)べます。
- 家(いえ)で 音楽(おんがく)を 聞(き)きます。

> いつも どこで
> 買い物しますか。

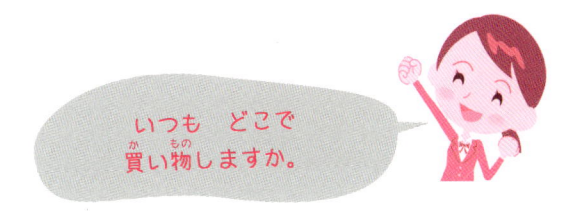

3 【ませんか】

為邀約對方的表現。常與「一緒に」搭配使用。

▸ 一緒に 映画を 見ませんか。

▸ 一緒に レストランで 食事しませんか。

▸ 一緒に 勉強しませんか。

第8課

三 練習

1 (例) ご飯・食べます（肯定）
　→ ご飯を食べます。
　(例) ご飯・食べます（否定）
　→ ご飯を食べません。

① 音楽・聴きます（否定）
　→ ＿＿＿。

② 手・洗います（肯定）
　→ ＿＿＿。

③ テレビ・見ます（否定）
　→ ＿＿＿。

2 (例) 学校・ご飯・食べます。
　→ 学校でご飯を食べます。

① コンビニ・弁当・買います
　→ ＿＿＿。

② 公園・お菓子・食べます
　→ ＿＿＿。

③ 庭・運動します
　→ ＿＿＿。

いつも どこで
買い物しますか。

3 （例）一緒に・日本語・勉強します
　➡　一緒に日本語を勉強しませんか。

① 一緒に・レポート・書きます
　➡　_____。

② 一緒に・お酒・飲みます
　➡　_____。

4 請用「ませんか」的句型，邀約新認識的朋友做 3 件事。

①
②
③

第8課

四 本文

木村： 張さん、その靴、すてきですね。
張　： ありがとうございます。
木村： いつもどこで買い物しますか。
張　： 淡水駅の近くです。
　　　駅の向かい側にいい店がたくさんありますよ。
　　　明日一緒に行きませんか。
木村： 明日ですか。すみません、明日はちょっと……。

いつも どこで
買い物しますか。

お見合い

鈴木： 初めまして。今日はよろしくお願いします。
田中： よろしくお願いします。
鈴木： 田中さんは休みの日、何をしますか。
　　　 私はいつも家で本を読みます。
田中： 私は運動が好きです。休みの日は運動します。
鈴木： そうですか。料理はどうですか。
　　　 私はスーパーで野菜と果物を買います。家で料理します。
田中： 私も料理が好きです。
鈴木： そうですか。じゃあ、今度一緒に料理しませんか。
田中： いいですね。ぜひ！

第8課

第8課

五　日本文化直播

媽媽的味道

　　提到日本料理，你第一個想到的是壽司嗎？雖然現在有很多近似速食的迴轉壽司，但傳統的壽司店屬於高級餐廳，並不是一般人會經常光顧的，就像中式餐點裡有所謂的功夫菜，大多是特殊節慶時才會享用。

　　日本一般的家庭料理，大約可分為「和食」（傳統日式家常菜）以及融合了和風的「洋食」（西式餐點）。撇開「味噌汁」（味噌湯）和「漬物」（醃漬小菜）這類固定菜色不說，「肉じゃが」應該算是日式家常菜的代表吧。菜名雖然取為「牛肉燉馬鈴薯」，但洋蔥、紅蘿蔔和綁成一束束的蒟蒻絲也是必搭食材，用柴魚醬油加點糖，滷出甜甜的家鄉味。每個家庭有自己的調味黃金比例，是很多人記憶中永遠的媽媽的味道。

　　而西式餐點排行榜的第一名是「カレーライス」（咖哩飯），「ハンバーグ」（漢堡肉排）和「オムライス」（蛋包飯）則緊追在後。尤其是家中有小孩的家庭，對於忙碌的媽媽而言，比起注重湯頭與調味的和食，製作這三道料理相對地比較不費工夫。但雖說是西式餐點，其實都相當在地化。道地的印度咖哩會將所有食材煮成泥狀，但日式咖哩中卻滾動著豪邁大塊的馬鈴薯、紅蘿蔔和洋蔥，因為日式咖哩發跡於盛產這些食材的北海道；美國人的漢堡肉要夾在圓麵包裡，日式漢堡肉排則搭配熱騰騰的白飯一起吃；而蛋包飯的前身是「オムレツ」（歐姆蛋），源自法國，只有蛋，不加飯，甜甜地像蛋糕，沒想到傳到日本，卻變成扎扎實實的一頓飯。

9

夕(ゆう)べ
寝(ね)ませんでした。

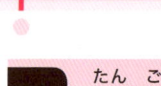

第9課

一 単語(たんご) MP3-29

01	あめ	① 雨	名 雨
02	かぜ	⓪ 風	名 風
03	あたま	③ 頭	名 頭部、頭腦
04	あし	② 足	名 腳
05	でんき	① 電気	名 電燈、電
06	しゃしん	⓪ 写真	名 照片
07	ともだち	⓪ 友達	名 朋友
08	ごぜん	① 午前	名 上午
09	ごご	① 午後	名 下午
10	よる	① 夜	名 晚上
11	ゆうべ	③ 夕べ	名 昨晚
12	おととい	③ 一昨日	名 前天
13	しゅうまつ	⓪ 週末	名 週末
14	～ねん	～年	名 ～年
15	～じ	～時	名 ～點
16	つめたい	⓪ 冷たい	形 冰冷的、冷淡的
17	いたい	② 痛い	形 疼痛的

夕べ　寝ませんでした。

18	ながい	② 長い	形 長的
19	おわります	④ 終わります	動・五 結束
20	ふります	③ 降ります	動・五 下（雨）
21	けします	③ 消します	動・五 關（電器）、擦掉
22	とります	③ 撮ります	動・五 拍攝
23	おきます	③ 起きます	動・上一 起床、發生
24	うまれます	④ 生まれます	動・下一 出生、誕生、產生
25	ねます	② 寝ます	動・下一 睡、就寢
26	つけます	③	動・下一 開（電器）
27	でかけます	④ 出かけます	動・下一 出門、外出
28	わすれます	④ 忘れます	動・下一 忘記
29	だから	①	接續 所以
30	それから	④	接續 然後
31	でも	①	接續 但是

第9課

第9課

二 文型

MP3-30

1 【ました】【ませんでした】

「ました」表示動詞過去肯定。「ませんでした」表示動詞過去否定。

- 週末 運動しました。
- おととい 友達と お茶を 飲みました。
- 夕べ 全然 寝ませんでした。
- 今朝 何も 食べませんでした。
- どこで ご飯を 食べましたか。

2 【〜に】

助詞「に」表示時間點。

- 6時に 起きました。
- 夜 10時に 寝ました。
- 授業は 5時に 終わりました。

> 夕べ 寝ませんでした。

3 【～が】

助詞「が」可用於表示身體部位為主詞時。

> ▸ 頭が 痛いです。

另外，可當作表示自然現象時的主詞。

> ▸ 風が 冷たいです。
> ▸ 雨が 降りました。

第9課

三 練習

1 (例) ご飯・食べます（肯定）
　→ ご飯を食べました。

　(例) ご飯・食べます（否定）
　→ ご飯を食べませんでした。

① 昨日・写真・撮ります（肯定）
　→ ＿＿＿＿＿＿＿＿＿＿＿＿＿＿＿＿＿＿＿＿＿＿＿。

② 今朝・電気・消します（否定）
　→ ＿＿＿＿＿＿＿＿＿＿＿＿＿＿＿＿＿＿＿＿＿＿＿。

③ 夕べ・テレビ・見ます（否定）
　→ ＿＿＿＿＿＿＿＿＿＿＿＿＿＿＿＿＿＿＿＿＿＿＿。

2 (例) 今朝・8時・起きました
　→ 今朝8時に起きました。

① いつも・夜11時・寝ます
　→ ＿＿＿＿＿＿＿＿＿＿＿＿＿＿＿＿＿＿＿＿＿＿＿。

② 明日・何時・出かけますか
　→ ＿＿＿＿＿＿＿＿＿＿＿＿＿＿＿＿＿＿＿＿＿＿＿。

③ 今朝・何時・ご飯・食べましたか
　→ ＿＿＿＿＿＿＿＿＿＿＿＿＿＿＿＿＿＿＿＿＿＿＿。

夕べ　寝ませんでした。

3 (例) 足・長いです
　　➡ 足が長いです。

① 手・大きいです
　➡ _____。

② 天気・よくないです
　➡ _____。

4 (例) 先週買い物しましたか。（いいえ）
　　➡ いいえ、買い物しませんでした。

① 昨日、雨が降りましたか。（はい）
　➡ _____。

② 何年に生まれましたか。（2000年）
　➡ _____。

③ 明日、何時に出かけますか。（午前9時）
　➡ _____。

④ テレビを消しましたか。（はい）
　➡ _____。

第 9 課

5 昨日(きのう)、何(なに)をしましたか。（請按照實際情況，寫出 4 件事）

① _____

② _____

③ _____

④ _____

夕べ 寝ませんでした。

四 本文

MP3-31

教室で

- 先生： 林さん、宿題は？
- 林 ： 先生、すみません、忘れました。
- 先生： え、何かありましたか。
- 林 ： 昨日の夜、頭が痛かったです。だから10時に寝ました。
- 先生： でも昨日は授業がありませんでしたね。
  昨日の午後、何をしましたか。
- 林 ： 午後は……あの……友達と映画を見ました。
  それから、その友達とお茶を飲みました……。

第 9 課

五 日本文化直播

你喜歡抹茶嗎？

　　你喜歡抹茶嗎？如果問身邊十個人，恐怕有八個人會回答 YES 吧。但其中可能大部分人對抹茶的印象是各種各樣的抹茶甜品。而我的抹茶經驗，卻幾乎全是所謂茶道中的點茶。

　　傳統茶道在茶室內進行，有些茶室單獨建築在庭院內，小小的木造建築，微微架高的設計和高度明顯不足的出入口，個子再小也必須彎身用幾乎攀爬的方式才能進入。室內只有四個半榻榻米的大小，大約 2 坪多一點，「床の間」（壁龕）有一幅掛軸和「生け花」（插花），是主人精心挑選符合茶會主題和季節的簡樸裝飾。室內雖然設有日式紙糊窗戶，但陽光似乎深怕侵犯到「亭主」（主人）與客人的私密空間，不敢進來。即使白天也顯得有些昏暗的茶室，讓人覺得彷彿一開口，那莊嚴神祕的氛圍就會煙消雲散。

　　茶道的抹茶分為「濃茶」（濃茶）和「薄茶」（薄茶），但對我而言都還是濃厚。不過我醉翁之意不在酒，而是在那些美到捨不得入口的菓子們。比較為人所知的應該是外觀看似朵朵花兒、飽滿內餡卻像要衝破花瓣的和菓子，在茶道裡稱為「主菓子」，是搭配濃茶的。而我更喜歡搭配薄茶的一種「干菓子」（乾菓子），簡單地說是加工過的乾燥的糖，神奇的是，看似乾硬，咬起來卻輕易地粉碎。她有一個美麗的名字叫「落雁」（落雁）。

　　先讓嘴裡布滿菓子的甜膩，再大口灌入抹茶的苦澀，形成一種說不出的絕妙組合，這也是抹茶甜品得以蔚為風潮的原因吧。

10

しけん
試験は
はち　じ
8時からです。

第 10 課

一 単語 （たんご） MP3-32

01	しけん	② 試験	名 考試
02	なつやすみ	③ 夏休み	名 暑假
03	ふゆやすみ	③ 冬休み	名 寒假
04	ひるやすみ	③ 昼休み	名 午休
05	アルバイト	③	名 打工、工讀
06	コンサート	①	名 音樂會、演唱會
07	ほんこん	① 香港	名 香港
08	とうきょう	⓪ 東京	名 東京
09	おきなわ	⓪ 沖縄	名 沖縄、琉球
10	～がつ	～月	名 ～月
11	～ふん	～分	名 ～分
12	～じかん	～時間	名 ～小時
13	～はん	～半	名 ～半
14	げつようび	③ 月曜日	名 星期一
15	かようび	② 火曜日	名 星期二
16	すいようび	③ 水曜日	名 星期三
17	もくようび	③ 木曜日	名 星期四

> 試験は8時からです。

18	**きんようび**	❸ 金曜日	名	星期五
19	**どようび**	❷ 土曜日	名	星期六
20	**なんようび**	❸ 何曜日	名	星期幾
21	**たんじょうび**	❸ 誕生日	名	生日
22	**おおみそか**	❸ 大晦日	名	除夕
23	**いつ**	❶	名	什麼時候
24	**いま**	❶ 今	名	現在
25	**バス**	❶	名	公車、巴士
26	**ひこうき**	❷ 飛行機	名	飛機
27	**でんしゃ**	⓪ 電車	名	電車、捷運
28	**ふね**	❶ 船	名	船舶
29	**せっけん**	⓪ 石鹸	名	肥皂
30	**としょかん**	❷ 図書館	名	圖書館
31	**かかります**	❹	動・五	花費

第10課

第 10 課

二 文型　MP3-33

1 【～からです】【～までです】

　　助詞「から」表示時間與空間的起點、「從～」的意思；助詞「まで」表示時間與空間的終點、「到～」的意思。

> ▸ 映画は　3時からです。
> ▸ アルバイトは　8時15分からです。
> ▸ 試験は　木曜日までです。
> ▸ コンサートは　10時までです。
> ▸ 今日の　授業は　3時から　5時までです。

2 【～から～まで】

　　「～から～まで」後面可搭配動詞使用，表示「從～到～」進行該動作。

> ▸ 先生は　月曜日から　金曜日まで　学校に　います。
> ▸ 夕べ　8時から　10時まで　日本語を　勉強しました。
> ▸ 金曜日の　夜、11時半まで　お酒を　飲みました。

> 試験は8時からです。

3 【～で】

助詞「で」表示道具、交通工具、方法。

- 車で 行きます。
- 日本語で レポートを 書きます。
- 香港から 東京まで 飛行機で 4時間半 かかります。
- 台北駅から 淡水駅まで 電車で 45分 かかります。

第10課

三 練習

1 （例）今日の授業は何時からですか。（1時10分）
→ 1時10分からです。

① 試験は何時からですか。（9時15分）
→ ＿＿＿＿＿＿＿＿＿＿＿＿＿＿＿＿＿＿＿＿＿＿。

② アルバイトは何時までですか。（5時半）
→ ＿＿＿＿＿＿＿＿＿＿＿＿＿＿＿＿＿＿＿＿＿＿。

③ 昼休みは何時から何時までですか。（12時〜1時）
→ ＿＿＿＿＿＿＿＿＿＿＿＿＿＿＿＿＿＿＿＿＿＿。

④ 夏休みは何月から何月までですか。（7月〜8月）
→ ＿＿＿＿＿＿＿＿＿＿＿＿＿＿＿＿＿＿＿＿＿＿。

2 （例）何時から何時まで学校にいますか。
　　　（午前9時〜午後3時）
→ 午前9時から午後3時まで学校にいます。

① 昨日、何時から何時まで宿題をしましたか。（夜10時〜11時）
→ ＿＿＿＿＿＿＿＿＿＿＿＿＿＿＿＿＿＿＿＿＿＿。

② 何曜日から何曜日までレストランでアルバイトをしますか。
　　（火曜日〜金曜日）
→ ＿＿＿＿＿＿＿＿＿＿＿＿＿＿＿＿＿＿＿＿＿＿。

③ いつまで台湾にいますか。（大晦日）
→ ＿＿＿＿＿＿＿＿＿＿＿＿＿＿＿＿＿＿＿＿＿＿。

試験は8時からです。

3 （例）バス・学校へ行きます
　　→ バスで学校へ行きます。

① 石鹸・手を洗います
　→ ＿＿＿＿＿＿＿＿＿＿＿＿＿＿＿＿＿＿＿＿＿＿＿。

② 台湾から沖縄まで・船・１２時間・かかります
　→ ＿＿＿＿＿＿＿＿＿＿＿＿＿＿＿＿＿＿＿＿＿＿＿。

4 請依實際情況回答問題。
　（例）日本語の授業は何時からですか。
　　→ 午前９時からです。

① 今日、何時から何時まで授業がありますか。
　→ ＿＿＿＿＿＿＿＿＿＿＿＿＿＿＿＿＿＿＿＿＿＿＿。

② 夕べ、何時まで勉強しましたか。
　→ ＿＿＿＿＿＿＿＿＿＿＿＿＿＿＿＿＿＿＿＿＿＿＿。

③ 冬休みはいつからですか。
　→ ＿＿＿＿＿＿＿＿＿＿＿＿＿＿＿＿＿＿＿＿＿＿＿。

④ 駅から大学までバスで何分かかりますか。
　→ ＿＿＿＿＿＿＿＿＿＿＿＿＿＿＿＿＿＿＿＿＿＿＿。

第10課

第10課

四 本文

MP3-34

電話で話しています

陳： もしもし、劉さん、今どこですか。
劉： 大学の図書館です。
陳： 何時までいますか。
劉： 1時までいますよ。
陳： そうですか。じゃあ、一緒に昼ご飯を食べませんか。
劉： 今日は……すみません、午後英語の試験があります。
陳： えっ、試験は明日ですよね。
劉： いいえ、今日の午後ですよ。陳さん、今どこにいますか。一緒に勉強しませんか。
陳： 今、家にいます。学校までバスで1時間かかります。
劉： えっ、それは……。
陳： バスの中で勉強します……。

試験は
8時からです。

五 日本文化直播

總之先來杯啤酒

　　如果有人跟你說「來去喝一杯吧」，在中文世界裡，大部分人應該會理解為去喝酒吧。恰巧日本人也是個愛喝酒的民族，因此也有一模一樣的說法：「今夜飲みに行こう！」

　　日本人飲酒也可算是一種文化了，不論春夏秋冬，在整天忙碌工作之後，第一口酒一定要是冰涼透心的啤酒，解放了壓力，接著才依個人喜好換成其他的酒類。而提供酒精飲料的店家，在晚餐時段，常設有「飲み放題」（喝到飽）的餐點選項，菜單上也總是有滿滿整頁的酒單，提供客人們在有限的時間內盡情享用。日本人滿20歲便是成人，能夠喝酒、抽菸，因此大學附近的居酒屋經常可見大學生下課後結伴去喝酒。大學生們舉辦「コンパ」（聚會）或「合コン」（聯誼）時，多點「チューハイ」跟「サワー」，這是加了果汁和碳酸飲料的雞尾酒，甜甜的像汽水，很容易一杯接著一杯地暢飲。而懂得品酒的大人們則偏愛日本酒，也有不少高檔居酒屋以日本各地出產的「地酒」（當地酒）為主打商品來吸引客人。日本到處有好水好米，因此興盛釀酒，尤其是有知名山川清流的地方，還沒聞到酒香，遠遠地看到門前掛了杉木葉穗做成的大圓球，就知道那裡一定賣好酒。那杉木圓球稱為「杉玉」，2、3月掛上時，還是清新的嫩綠色，告知大家今年的新酒釀好囉！

メモ

11

土曜日の 午後、
空港へ
行きます。

第 11 課

一 単語(たんご)　MP3-35

01	メニュー	①	名 菜單
02	カレーライス	④	名 咖哩飯
03	ラーメン	①	名 拉麵
04	こうちゃ	⓪ 紅茶	名 紅茶
05	コーヒー	③	名 咖啡
06	りんご	⓪ 林檎	名 蘋果
07	そうべつかい	④ 送別会	名 歡送會
08	プレゼント	②	名 禮物
09	ティーシャツ	⓪ Tシャツ	名 T恤
10	くうこう	⓪ 空港	名 機場
11	クーラー	①	名 冷氣
12	あさって	②	名 後天
13	こんしゅう	⓪ 今週	名 這週
14	らいしゅう	⓪ 来週	名 下週
15	らいげつ	① 来月	名 下個月
16	ひとつ	② 1つ	名 一個
17	ふたつ	③ 2つ	名 兩個

土曜日の 午後、空港へ 行きます。

18	**あつい**	② 暑い・熱い	形 炎熱的、燙的
19	**みじかい**	③ 短い	形 短的、短暫的
20	**かえる**	① 帰る	動・五 回去
21	**くる**	① 来る	動・カ変 來
22	**また**	②	副 再

第 11 課

二 文型

1 【～を　數量詞　ください】

請求對方給自己某物時所使用的表現。物品後面要接續助詞「を」，數量詞則置於「ください」前面。此表現不適合對上位者使用。

> ▸ すみません、メニューを　ください。
> ▸ カレーライスを　1つ　ください。
> ▸ ノートを　3冊　ください。

2 【～へ行きます／来ます／帰ります】

使用「行きます」（去）、「来ます」（來）、「帰ります」（回來）等移動動詞時，其移動的方向要用助詞「へ」表示。

> ▸ 来週　日本へ　行きます。
> ▸ 友達は　明日　私の　家へ　来ます。
> ▸ いつ　東京へ　帰りますか。

> 土曜日の　午後、空港へ　行きます。

3 【～から】

表示「原因、理由」。可用「～から、～」的方式連接兩個句子。

- 寒いですから、熱い　紅茶を　飲みます。
- 安いですから、買いました。
- A：りんごを　たくさん　買いましたね。
  B：はい、果物が　とても　好きですから。

4 【～が】

助詞「が」用於表示從屬句中的主詞。

- 来月　鈴木さんが　東京へ　帰りますから、送別会を　します。

亦可加在「作為主詞的疑問詞」後，表示主詞。

- 何が　いいですか。
- 誰が　行きますか。

第 11 課

三 練習

1 （例）ラーメン・1つ
　➡ ラーメンを1つください。

① メニュー
　➡ ＿＿＿＿＿＿＿＿＿＿＿＿＿＿＿＿＿＿＿＿＿＿＿＿＿＿＿＿＿＿＿＿＿＿＿＿。

② コーヒー・1つ
　➡ ＿＿＿＿＿＿＿＿＿＿＿＿＿＿＿＿＿＿＿＿＿＿＿＿＿＿＿＿＿＿＿＿＿＿＿＿。

③ 鉛筆・3本
　➡ ＿＿＿＿＿＿＿＿＿＿＿＿＿＿＿＿＿＿＿＿＿＿＿＿＿＿＿＿＿＿＿＿＿＿＿＿。

2 （例）あさって・日本・行きます
　➡ あさって、日本へ行きます。

① 明日・郵便局・行きます
　➡ ＿＿＿＿＿＿＿＿＿＿＿＿＿＿＿＿＿＿＿＿＿＿＿＿＿＿＿＿＿＿＿＿＿＿＿＿。

② 昨日・家・帰りません
　➡ ＿＿＿＿＿＿＿＿＿＿＿＿＿＿＿＿＿＿＿＿＿＿＿＿＿＿＿＿＿＿＿＿＿＿＿＿。

③ 今日・学校・行きません
　➡ ＿＿＿＿＿＿＿＿＿＿＿＿＿＿＿＿＿＿＿＿＿＿＿＿＿＿＿＿＿＿＿＿＿＿＿＿。

土曜日の　午後、空港へ　行きます。

3 （例）暑いです・クーラー・つけます
　➡ 暑いですから、クーラーをつけます。

❶ 日本・好きです・日本語・勉強します
　➡ ＿＿＿＿＿＿＿＿＿＿＿＿＿＿＿＿＿＿＿＿＿＿＿＿＿＿＿＿＿＿＿。

❷ お金・ありません・夕べ・ご飯・食べませんでした
　➡ ＿＿＿＿＿＿＿＿＿＿＿＿＿＿＿＿＿＿＿＿＿＿＿＿＿＿＿＿＿＿＿。

❸ アメリカ・友達・います・来月・アメリカ・行きます
　➡ ＿＿＿＿＿＿＿＿＿＿＿＿＿＿＿＿＿＿＿＿＿＿＿＿＿＿＿＿＿＿＿。

第 11 課

四 本文

MP3-37

陳　：鈴木さん、今週の土曜日の午後、何をしますか。
鈴木：午後は空港へ行きます。
陳　：空港ですか。
鈴木：ええ、母が台湾へ来ますから。
陳　：そうですか。お母さんはいつまで台湾にいますか。
鈴木：来週の火曜日に日本へ帰ります。
陳　：えっ、短いですね。
鈴木：ええ、でも来月また来ますよ。

土曜日の　午後、空港へ　行きます。

李：林さん、こんにちは。どこへ行きますか。

林：デパートへ行きます。あさっては鈴木さんの誕生日ですから、プレゼントを買います。

李：じゃあ、私も一緒に行きます。

林：プレゼント、何がいいかな。

李：Tシャツはどうですか。

林：いいですね。鈴木さんは寒い日にもTシャツですからね。すみません、この赤いTシャツをください。

第 11 課

五 日本文化直播

請給我一山蘋果

　　無論哪一種語言，數量詞在造詞上應該是最符合邏輯性的一種詞類。比如中文用「雙」來數筷子，因為筷子要成雙才好用；英文用「a cup of」來數咖啡，用「a bowl of」來數湯，的確，咖啡倒在杯子裡，湯用大碗比較容易喝。

　　日文當然也有許多數量詞，只不過某些數量詞需要多一點點的想像力。例如課本上說細長的東西用「本(ほん)」，扁平的東西用「枚(まい)」，但是怎麼一部電影也說「映画一本(えいがいっぽん)」？巨大的石塊又說是「一枚岩(いちまいいわ)」？試著想想黑膠電影的時代，電影播放時必須架上一大捲的細長底片，所以用「一條電影」也不為過；岩石歷經千萬年堆積而成，因此能夠敲出一片片的岩片，但堅硬大岩石卻像一塊巨大的板狀物，所以說是「一張岩石」。

　　上課時最常被問到的是，幽靈的計算方法！潔白發亮的裙衣加上烏黑濃密的長髮……想來是有冤未報飄盪現世的倩女幽魂，那麼就用擬人法以「一人(ひとり)」計算吧。如果順利渡過「三途(さんず)の川(かわ)」（連接現實世界和死者世界的河流），升格為神佛，就可以用「柱(はしら)」來計算。

　　但我覺得最可愛的是計算兔子的單位，一般小動物的計算單位是「匹(ひき)」，但兔子卻用計算鳥類的「羽(わ)」為單位。這是日本數量詞界最大的謎團，有人說因為把兔子的長耳朵拉起來就像鳥的翅膀，也有人說以前的和尚想吃兔肉就硬說兔子跟雞一樣是兩隻腳站立的鳥類，又有人說「ウサギ」（兔子）的語源來自「兎(う)」（兔子）加上「鷺(さぎ)」（鷺鷥），所以才被混在鳥類裡。無論如何，我確信，兔子跑得再快也不會飛。

12

今日は、
スパゲッティを
食べたいです。

第 12 課

一 単語(たんご) MP3-38

01	じかん	⓪ 時間	名 時間
02	じてんしゃ	②⓪ 自転車	名 自行車、腳踏車
03	バイク	①	名 機車、摩托車
04	ぼく	① 僕	名 我（男性第一人稱）
05	じぶん	⓪ 自分	名 自己
06	にもつ	① 荷物	名 行李、手提物
07	ひるごはん	③ 昼ご飯	名 午餐
08	スパゲッティ	③	名 義大利麵
09	どんぶり	⓪ 丼	名 大碗、日式蓋飯的省略用法
10	おやこどん	⓪ 親子丼	名 日式雞肉蛋蓋飯
11	てんどん	⓪ 天丼	名 日式炸蝦蓋飯
12	ビール	①	名 啤酒
13	ジュース	①	名 果汁
14	うち	⓪ 家	名 家、家庭
15	えきまえ	③ 駅前	名 車站前
16	スマホ	⓪	名 智慧型手機
17	せんたくき	④ 洗濯機	名 洗衣機

> 今日は、スパゲッティを食べたいです。

18	ことし	⓪ 今年	名 今年
19	らいねん	⓪ 来年	名 明年
20	〜げん	〜元	名 〜元
21	ほしい	② 欲しい	形 想要〜、希望〜
22	もつ	① 持つ	動・五 拿、帶、擁有
23	てつだう	③ 手伝う	動・五 幫助、幫忙
24	やむ	⓪ 止む	動・五 （雨）停
25	つくる	② 作る	動・五 做、創造、栽種
26	きめる	⓪ 決める	動・下一 決定
27	れんしゅうする	⓪ 練習する	動・サ変 練習
28	まだ	① 未だ	副 還〜、尚〜
29	いっぱい	⓪	副 滿滿
30	もう	①	副 已經
31	かしこまりました	⑥	慣 是、知道了、遵命
32	おねがいします	⑥ お願いします	慣 麻煩您、拜託

（有事請求對方）

第 12 課

二　文型　MP3-39

1　【～を（が）～たいです】

「動詞（連用形）＋たい」表示説話者強烈的願望、想做什麼事的心情。一般強調對象語時，「を」會代換為「が」。「～たい」句子用於對方時，只限於疑問句但並不常用，例如「あなたも日本料理を食べたいですか。」，比較客氣的說法是「日本料理はいかがですか。」、「日本料理を食べませんか。」。

- 暑いです。何か 冷たい ものが（を） 飲みたいですね。
- 私は、来年 新しい 車を 買いたいです。

2　【～がほしいです】

「名詞＋が＋ほしい」表示發話者想要什麼東西。發話者以外，僅限於疑問句。在提示句、後接否定時常會呈現「～はほしくない」形態，例如：「たくさんのお金はほしくないですが、時間がほしいです。」。

- 私は 自転車が ほしいです。
- 子供の 時、僕は 自分の 部屋が ほしかったです。
- 今は、何も ほしく ありません。
- 今年の 誕生日の プレゼントは 何が ほしいですか。

> 今日は、スパゲッティを 食べたいです。

3 【～ましょう】

「動詞（連用形）＋ましょう」表示意志、提議。

- A：荷物を 持ちましょうか。

  B：すみません。お願いします。

- A：手伝いましょうか。

  B：はい、ありがとう ございます。

- A：一緒に 行きましょう。

  B：はい、行きましょう。

4 【もう・まだ】

副詞。行為、動作是否完了的表現。

- もう 学校を 決めましたか。

  ―はい、もう 決めました。

  ―いいえ、まだです。

- もう 昼ご飯を 食べましたか。

  ―まだです。でも もう お弁当を 買いました。

- もう うちへ 帰りますか。

  ―いいえ、まだです。

- まだ 雨ですか。

  ―いいえ、もう 止みました。

第 12 課

三 練習

1 參考範例完成此表。

終止形	ます形	たい形
買う	買います	買いたいです
手伝う		
飲む		
行く		
撮る		
帰る		
作る		
見る		
決める		
来る		
する		
練習する		

> 今日は、スパゲッティを食べたいです。

2 （例）スパゲッティ・食べます

➡ スパゲッティを食べたいです。

❶ ジュース・飲みます

➡ ＿＿＿＿＿＿＿＿＿＿＿＿＿＿＿＿＿＿＿＿＿＿＿＿＿。

❷ 時計・買います

➡ ＿＿＿＿＿＿＿＿＿＿＿＿＿＿＿＿＿＿＿＿＿＿＿＿＿。

❸ 音楽・聴きます

➡ ＿＿＿＿＿＿＿＿＿＿＿＿＿＿＿＿＿＿＿＿＿＿＿＿＿。

❹ 旅行・します

➡ ＿＿＿＿＿＿＿＿＿＿＿＿＿＿＿＿＿＿＿＿＿＿＿＿＿。

3 （例）ジュース・コーヒー

➡ ジュースはほしくないです。コーヒーがほしいです。

❶ 冷蔵庫・洗濯機

➡ ＿＿＿＿＿＿＿＿＿＿＿＿＿＿＿＿＿＿＿＿＿＿＿＿＿。

❷ パソコン・スマホ

➡ ＿＿＿＿＿＿＿＿＿＿＿＿＿＿＿＿＿＿＿＿＿＿＿＿＿。

❸ 車・バイク

➡ ＿＿＿＿＿＿＿＿＿＿＿＿＿＿＿＿＿＿＿＿＿＿＿＿＿。

❹ 辞書・電子辞書

➡ ＿＿＿＿＿＿＿＿＿＿＿＿＿＿＿＿＿＿＿＿＿＿＿＿＿。

第 12 課

4 （例）映画・見ます
　→ 映画を見ましょう。

① 料理・作ります
　→ _____。

② 天丼・食べます
　→ _____。

③ 宿題・します
　→ _____。

5 自由會話
今ここに 10 万元あります。何をしたいですか。何がほしいですか。

今日は、スパゲッティを食べたいです。

四 本文

MP3-40

会社で

田中：　もうお昼の時間ですね。何を食べますか。
張　：　今日は、日本料理が食べたいですね。
田中：　どこかおいしい店がありますか。
張　：　駅前に新しい店がありますよ。
　　　　そこはいつも人がいっぱいです。
田中：　いいですね。じゃ、そこにしましょうか。
張　：　いいですよ。行きましょう。

第12課

料理屋で

田中：　何にしますか。
張　：　どんぶりが食べたいですね。
田中：　そうですか。親子丼はどうですか。
張　：　う〜ん、天丼も食べたいですね。
　　　　でも、今日は親子丼にしましょう。
田中：　まだ何か食べますか。
張　：　えっと。ビールがほしいですね。
田中：　すみません。親子丼2つとビール一本、お願いします。
店員：　はい、かしこまりました。

> 今日は、スパゲッティを食べたいです。

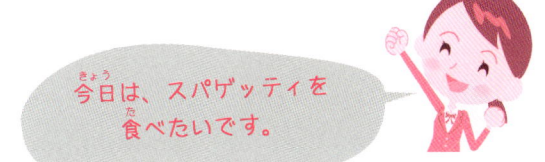

五 日本文化直播

「丼」的中文讀成「ㄉㄢˇ」

外國人喜歡來台灣旅遊，其中一個很重要的理由是，除了台灣料理，還能吃到大江南北的中國菜，隨便上街就能看到粵菜、湘菜、四川菜、江浙菜等細分各地的特色料理。但在日本，撇開昂貴的高級餐廳不談，一般大約都統括成「中華料理」、「中国料理」或「台湾料理」。

這些中式餐廳賣的餐點基本上都很類似，並且幾乎所有店家的菜單上都會出現一道稱為「天津飯」或「天津丼」的餐點。也就是一大塊芙蓉蛋蓋在白飯上，淋上勾芡醬汁，還有幾顆裝飾用的豌豆。有蛋有菜營養足夠，重點是以蓋飯的方式裝盤，很方便吃。像這樣的蓋飯是日本學生和上班族的最愛，因為午休時刻太忙碌，要吃飯，要辦私事，還要抽空推文上 IG，因此直接把配菜全盛在大碗公飯上，能更快速解決。

說到「丼飯」（蓋飯），台灣人最耳熟能詳的應該是「牛丼」（牛肉蓋飯）或「親子丼」（親子蓋飯）吧。不消說，親子蓋飯之名來自雞肉和雞蛋的組合，不過如果是港灣邊的海鮮餐廳，可能變成鮭魚加魚卵喔！那貴到不知道「いくら」（多少錢）的「イクラ」，原來就是鮭魚的卵。當然，也可以用牛肉或豬肉搭配雞蛋來做蓋飯，但牛和豬跟雞蛋沒有親戚關係，於是被稱為「他人丼」（別人蓋飯）。

メモ

13

ここに お名前(なまえ)を 書(か)いてください。

第 13 課

一、単語　MP3-41

01	なまえ	⓪ 名前	名 名字
02	じゅうしょ	① 住所	名 地址
03	でんわばんごう	④ 電話番号	名 電話號碼
04	あさごはん	③ 朝ご飯	名 早餐
05	ばんごはん	③ 晩ご飯	名 晚餐
06	は	① 歯	名 牙齒
07	かお	⓪ 顔	名 臉
08	まいにち	① 毎日	名 每天
09	まいあさ	① 毎朝	名 每天早上
10	まいばん	① 毎晩	名 每天晚上
11	おふろ	② お風呂	名 洗澡、澡堂
12	ごみ	②	名 垃圾
13	ほんや	① 本屋	名 書店
14	でぐち	① 出口	名 出口
15	～ばん	番	名（助數詞用法）～號
16	ニュース	①	名 新聞
17	おこす	② 起こす	動・五 叫醒、引發

ここに お名前を
書いて ください。

18	（はを）みがく	⓪ （歯を）磨く	動・五 刷（牙）
19	はいる	① 入る	動・五 進入
20	すわる	⓪ 座る	動・五 坐、跪坐
21	だす	① 出す	動・五 拿出、提出、交出
22	のる	⓪ 乗る	動・五 搭乘（交通工具）
23	いう	⓪ 言う	動・五 説
24	あう	① 会う	動・五 見面
25	（おかねを）おろす	② （お金を）下ろす	動・五 提款、領錢
26	おしえる	⓪ 教える	動・下一 教、告訴
27	すてる	⓪ 捨てる	動・下一 丟掉、拋棄
28	しめる	② 閉める	動・下一 關、關掉
29	でんわする	⓪ 電話する	動・サ変 打電話
30	せんたくする	⓪ 洗濯する	動・サ変 洗衣服
31	もういちど	⓪	副 再一次
32	ゆっくり	③	副 慢慢地
33	どうぞ	①	慣 請～
34	そうしましょう	⑤	就這麼決定、就這麼辦吧

第13課 ここに お名前を 書いて ください。 | 141

第 13 課

二 文型　MP3-42

1 【～てください】

「動詞（連用形）＋て＋ください」表示要對方做～。

- どうぞ　食べて　ください。
- すみません、お名前を　教えて　ください。
- ここに　ご住所を　書いて　ください。

2 【～て】

「動詞（連用形）＋て」用來連結前後連續發生的行為動作。

- デパートへ　行って、買い物します。
- 朝ご飯を　作って、子供を　起こします。
- 歯を　磨いて、顔を　洗いました。

> ここに お名前を 書いて ください。

3 【〜てから】

「動詞（連用形）＋て＋から」表示前後二個動作的時間先後關係。

- 毎朝、起きてから 運動します。
- 朝ご飯を 食べてから、出かけます。
- 毎晩、お風呂に 入ってから 食事します。

第 13 課

三 練習

1 (例) どうぞ、そこに座ります
→ どうぞ、そこに座ってください。

① どうぞ、この雑誌を読みます
→ ＿＿＿＿＿＿＿＿＿＿＿＿＿＿＿＿＿＿＿＿＿＿＿＿＿＿＿＿＿＿＿。

② ごみを出します
→ ＿＿＿＿＿＿＿＿＿＿＿＿＿＿＿＿＿＿＿＿＿＿＿＿＿＿＿＿＿＿＿。

③ 私に電話します
→ ＿＿＿＿＿＿＿＿＿＿＿＿＿＿＿＿＿＿＿＿＿＿＿＿＿＿＿＿＿＿＿。

④ 古い新聞を捨てます
→ ＿＿＿＿＿＿＿＿＿＿＿＿＿＿＿＿＿＿＿＿＿＿＿＿＿＿＿＿＿＿＿。

2 (例) スーパーへ行きます・買い物します
→ スーパーへ行って、買い物します。

① 毎日、電車に乗ります・会社へ行きます
→ ＿＿＿＿＿＿＿＿＿＿＿＿＿＿＿＿＿＿＿＿＿＿＿＿＿＿＿＿＿＿＿。

② うちへ帰ります・晩ご飯を食べます
→ ＿＿＿＿＿＿＿＿＿＿＿＿＿＿＿＿＿＿＿＿＿＿＿＿＿＿＿＿＿＿＿。

③ 本屋へ行きます・日本語の辞書を買いました
→ ＿＿＿＿＿＿＿＿＿＿＿＿＿＿＿＿＿＿＿＿＿＿＿＿＿＿＿＿＿＿＿。

④ 夕べ、9時まで勉強しました・テレビを見ました・寝ました
→ ＿＿＿＿＿＿＿＿＿＿＿＿＿＿＿＿＿＿＿＿＿＿＿＿＿＿＿＿＿＿＿。

ここに お名前を
書いて ください。

3 （例）姉は電話しました・出かけました
　→ 姉は電話してから、出かけました。

① 窓を閉めます・寝ます
　→ _____。

② 父は毎朝、ニュースを見ます・会社へ行きます
　→ _____。

③ 日曜日、起きます・洗濯します
　→ _____。

④ 郵便局でお金を下ろします・学校へ行きます
　→ _____。

⑤ 毎晩、うちへ帰ります・何をしますか
　→ _____。

4 請用「～て、（～て、）～。」的句型回答以下問題。

① 休みの日、朝起きて、何をしますか。
　→ _____。

② 昨日、うちへ帰って、何をしましたか。
　→ _____。

③ 日本へ行って、何を買いたいですか。
　→ _____。

第 13 課

四 本文

MP3-43

教室で

陳　：鈴木さん、今度一緒に食事しませんか。
鈴木：いいですね。
陳　：また電話しますから、電話番号を教えてください。
鈴木：はい。（02）3214 - 8657 です。
陳　：すみません、もう一度ゆっくり言ってください。
鈴木：（02）3214 - 8657 です。
陳　：（02）3214 - 8657 ですね。では、また今度。

> ここに お名前を 書いて ください。

キャンパスで

- 鈴木： もしもし、鈴木ですが……。
- 陳　： あっ、鈴木さんですか。陳です。
  あの、明日の夜、時間がありますか。
- 鈴木： ええ、ありますよ。
- 陳　： 一緒に士林夜市へ行きませんか。
- 鈴木： いいですね。授業が終わってから、台北で会いましょう。
- 陳　： じゃあ、6時半にＭＲＴ士林駅の2番出口で、いいですか。
- 鈴木： はい、そうしましょう。

第 13 課

五 日本文化直播

忠犬八公

　　這是一篇新聞報導，是一本小說，是一部電影，也是一個真實的故事。

　　澀谷車站，黑壓壓一片通勤人潮中，總有一隻老狗徘徊其中。每當電車到站湧出人群，牠就往前探看，又坐回角落，似乎在等待著誰的歸來。牠的名字叫「ハチ」（小八），是純種秋田犬，九歲，在狗的世界裡算高齡了。出生不久，被任職於東京大學農學部的上野英三郎教授領養，教授相當疼愛小八，小八也總是陪著教授去澀谷車站搭車。但不幸的是，教授在出席某次學校會議後突然中風去逝，小八無法明白人類世界的無常，甚至在教授的告別式當天，依舊到澀谷車站等著教授回家。七年過去，小八曾被不同人家收養，但牠經常溜走到澀谷車站去。在小八心中，或許始終認為如此疼愛自己的上野教授，是不可能不告而別的吧。後來，小八住在曾經幫教授修整院子的園藝店老闆家，老闆非常照顧牠，但牠仍然每天往返澀谷車站，並且在回家途中繞到教授家，從窗戶往裡頭探看，看看教授是不是回家了……。

　　這是世界上最知名的狗「忠犬ハチ公」（忠犬八公）的故事。現在，東京的澀谷車站「ハチ公口」（八公出口）前有一座ハチ的銅像，成為年輕人相約的地標。但是ハチ和上野教授呢？他們何時能再相見？

2015 年 3 月 8 日紀念忠犬八公逝世 80 周年，東京大學農學院旁設置了八公與上野教授相見的銅像。

14

ニューヨークの
大学で
芸術を 勉強して
います。

第 14 課

一 単語(たんご)　MP3-44

01	ニューヨーク	③		名 紐約
02	げいじゅつ	⓪ 芸術	名 藝術
03	リビングルーム	⑤	名 客廳
04	めがね	① 眼鏡	名 眼鏡
05	セーター	①	名 毛衣
06	スカート	②	名 裙子
07	ネクタイ	①	名 領帶
08	さいきん	⓪ 最近	名 最近
09	このごろ	⓪ この頃	名 最近、近來
10	うた	② 歌	名 歌、歌曲
11	プール	①	名 游泳池
12	テニス	①	名 網球
13	テニスコート	④	名 網球場
14	カラオケ	⓪	名 卡拉 OK
15	てがみ	⓪ 手紙	名 書信
16	むかし	⓪ 昔	名 從前、過往
17	なかよし	② 仲良し	名 好朋友

> ニューヨークの 大学で 芸術を 勉強して います。

18	しんゆう	⓪ 親友	名 好友、親近的朋友
19	はたち	① 二十歳	名 二十歳
20	め	① 目	名 眼睛
21	わたしたち	③ 私達	名 我們
22	きいろい	⓪ 黄色い	形 黄的、黄色
23	しろい	② 白い	形 白的、白色
24	あまい	⓪ 甘い	形 甜的
25	ひく	⓪ 弾く	動・五 彈
26	うたう	⓪ 歌う	動・五 唱（歌）
27	およぐ	② 泳ぐ	動・五 游泳
28	すむ	① 住む	動・五 居住
29	はく	⓪	動・五 穿（下半身衣物）
30	きる	⓪ 着る	動・上一 穿（連身、上半身衣物）
31	かける	② 掛ける	動・下一 戴（眼鏡）
32	いつまでも	①	副 永遠、始終
33	よく	①	副 經常

第 14 課

二 文型　　　MP3-45

1　【～ています】

a 「動詞（連用形）＋て＋います」表示動作的持續性。

▶ 今、母は 洗濯して います。
▶ 父は リビングルームで 雑誌を 読んで います。
▶ 今、姉は ピアノを 弾いて います。

b 「動詞（連用形）＋て＋います」表示結果、狀態。

▶ 彼女は 眼鏡を かけて います。
▶ 先生は 黄色い セーターを 着て います。
▶ 林さんは 淡水に 住んで います。

> ニューヨークの 大学で 芸術を 勉強して います。

2 【よく～ます／ました】

「よく＋動詞」表示「經常做～」。

- よく 映画を 見ます。
- 最近、よく 自転車に 乗ります。
- 高校の 時、よく 学校で 友達と テニスを しました。

3 【あまり～ません】

「副詞あまり＋否定形」表示「不太～、不常～」。

- 私は あまり コーヒーを 飲みません。
- 彼女は あまり 甘い ものを 食べません。
- このごろ、あまり うちへ 帰りません。

第 14 課

三 練習

1 （例）妹・お菓子を食べます
→ 妹はお菓子を食べています。

① 李さん・写真を撮ります
→ ＿＿＿＿＿＿＿＿＿＿＿＿＿＿＿＿＿＿＿＿＿＿＿＿＿＿＿＿＿＿＿＿＿＿。

② 母・デパートで買い物します
→ ＿＿＿＿＿＿＿＿＿＿＿＿＿＿＿＿＿＿＿＿＿＿＿＿＿＿＿＿＿＿＿＿＿＿。

③ 林さん・プールで泳ぎます
→ ＿＿＿＿＿＿＿＿＿＿＿＿＿＿＿＿＿＿＿＿＿＿＿＿＿＿＿＿＿＿＿＿＿＿。

④ 今・姉・テレビを見ます
→ ＿＿＿＿＿＿＿＿＿＿＿＿＿＿＿＿＿＿＿＿＿＿＿＿＿＿＿＿＿＿＿＿＿＿。

2 （例）丸子ちゃん・赤い靴をはきます
→ 丸子ちゃんは赤い靴をはいています。

① 弟・黄色いTシャツを着ます
→ ＿＿＿＿＿＿＿＿＿＿＿＿＿＿＿＿＿＿＿＿＿＿＿＿＿＿＿＿＿＿＿＿＿＿。

② 田中さん・黒い眼鏡をかけます
→ ＿＿＿＿＿＿＿＿＿＿＿＿＿＿＿＿＿＿＿＿＿＿＿＿＿＿＿＿＿＿＿＿＿＿。

③ 兄・白いネクタイをします
→ ＿＿＿＿＿＿＿＿＿＿＿＿＿＿＿＿＿＿＿＿＿＿＿＿＿＿＿＿＿＿＿＿＿＿。

④ 先生・きれいな時計をします
→ ＿＿＿＿＿＿＿＿＿＿＿＿＿＿＿＿＿＿＿＿＿＿＿＿＿＿＿＿＿＿＿＿＿＿。

> ニューヨークの 大学で 芸術を 勉強して います。

3 （例）スカートをはきます

→ あまりスカートをはきません。

① スーパーで買い物します

→ _____。

② セーターを着ます

→ _____。

③ 週末、勉強します

→ _____。

④ 夜、お菓子を食べます

→ _____。

4 （例）よく映画を見ますか。

→ はい、よく映画を見ます。

いいえ、あまり映画を見ません。

① よく歌を歌いますか。

→ はい、_____。

② よく音楽を聴きますか。

→ いいえ、_____。

③ 高校の時、よくカラオケへ行きましたか。

→ いいえ、_____。

④ 昔、よく手紙を書きましたか。

→ はい、_____。

第 14 課

5 **自由會話**

在你旁邊的朋友，正在做什麼？她（他）穿了什麼樣的衣服？利用「～ています」描述一下。

> ニューヨークの　大学で　芸術を　勉強して　います。

四 本文

MP3-46

仲良しの友達

　私の親友は、高校の友達の林玲子さんです。彼女は、今年二十歳です。目が大きくて、とてもきれいな女の子です。今はニューヨークの大学で芸術を勉強しています。私たちはテニスが好きで、高校の時、授業が終わってから、よく学校のテニスコートでテニスをしました。楽しい毎日でした。

　玲子さんは、今アメリカに住んでいます。あまり会いませんが、彼女はいつまでも私の仲良しの友達です。

第 14 課

五 日本文化直播

水藍色的富士山

富士山是日本第一高山,海拔約 3776 公尺,無論對登山有沒有興趣,很多日本人都希望一生能有一次機會登上富士山頂。其實一般人爬富士山並非從山腳出發,而是先搭車到稱為五合目的地方,海拔大約已有 2300 公尺,所以只剩下 1400 公尺左右就能攻頂。尤其在 2013 年獲選為世界文化遺產後,外國遊客們也爭相到日本爬富士山,而各種富士山造型的伴手禮也多了起來。

但仔細看,這些伴手禮上的富士山都長得差不多,山峰的三角形被切成平頭,像是戴了白色的帽子,而身體都塗成水藍色。這是日本小朋友心目中理想的富士山。曾經在靜岡縣富士市看過一個兒童畫展,雖然畫了各種不同的背景,但所有的富士山竟然如出一轍!這到底該如何評分呢?我很好奇,在水藍色的山後,天空該是什麼顏色?

日本人對顏色很敏感,喜歡從自然中攝取顏色,比如「藤色(ふじいろ)」、「浅葱色(あさぎいろ)」、「小豆色(あずきいろ)」、「鶯色(うぐいすいろ)」。從字面看來大約也可以猜想到分別是,如紫藤花的淡紫色、如青蔥的淺綠色、如紅豆的暗紅色、如黃鶯的綠褐色。話說,第一次認識鶯色是在日本和菓子店買「大福(だいふく)」(麻糬)的時候,一瞧,上面寫著「うぐいす」(黃鶯),可嚇壞了。原來是豌豆做的內餡啊,那近似抹茶的綠,對感性的日本人而言,是停在樹梢上的黃鶯。

15

道で 遊んでは
いけません。

第 15 課

一 単語（たんご） MP3-47

01	みち	⓪ 道	名 道路
02	ようふく	⓪ 洋服	名 衣服
03	おおごえ	③ 大声	名 大聲（說話）
04	たにん	⓪ 他人	名 他人、別人
05	わるくち・わるぐち	② 悪口	名 壞話
06	ぶちょう	⓪ 部長	名 部長
07	マナー	①	名 禮節
08	しばふ	⓪ 芝生	名 草坪、草地
09	がくせいしょくどう	⑤ 学生食堂	名 學生餐廳
10	タバコ	⓪ 煙草	名 香菸
11	かぜ	⓪ 風邪	名 感冒
12	こころえ	③④ 心得	名 規章須知、體會
13	でんげん	⓪③ 電源	名 電源
14	きょうよう	⓪ 共用	名 共用
15	げんかん	① 玄関	名 大門口、玄關
16	ドア	①	名 門
17	せいかつ	⓪ 生活	名 生活

> 道で 遊んでは いけません。

18	**あそぶ**	⓪ 遊ぶ	動・五	玩耍
19	**はなす**	② 話す	動・五	説、説話
20	**つかう**	⓪ 使う	動・五	使用
21	**やすむ**	② 休む	動・五	休息、放假
22	**すう**	⓪ 吸う	動・五	吸
23	**きる**	① 切る	動・五	切、砍、剪、斬
24	**すごす**	② 過ごす	動・五	度過、生活
25	**あける**	⓪ 開ける	動・下一	開、打開
26	**しちゃくする**	⓪ 試着する	動・サ変	試穿
27	**せつめいする**	⓪ 説明する	動・サ変	説明
28	**そうだんする**	⓪ 相談する	動・サ変	商量
29	**しつもんする**	⓪ 質問する	動・サ変	詢問、提問
30	**ちこくする**	⓪ 遅刻する	動・サ変	遲到
31	**そうじする**	⓪ 掃除する	動・サ変	打掃
32	**それでは**	③	接續	那麼

第 15 課

二 文型

MP3-48

1 【〜てもいいです】

「動詞（連用形）＋てもいい」表示「允許、可以、沒關係」。

- この 洋服を 試着してもいいです。
- すみません、この 雑誌を 読んでもいいですか。
- 冷蔵庫の ケーキを 食べてもいいですか。
- 鉛筆で 書いてもいいですか。

2 【〜てはいけません】

「動詞（連用形）＋てはいけません」表示「禁止、不允許、不可」。

- 試験の 時、隣の 人と 話してはいけません。
- 図書館で 大声を 出してはいけません。
- 甘い ものを たくさん 食べてはいけません。
- 海で 泳いではいけません。
- 他人の 悪口を 言ってはいけません。

> 道で 遊んでは いけません。

3 【～について】

相關事物的內容說明。

> ▶ これから 旅行に ついて、ご説明します。よく 聞いて ください。
>
> ▶ 来週の 仕事に ついて、部長と よく 相談して ください。
>
> ▶ 日本の 食事マナーに ついて、レポートを 書きました。

第 15 課

三 練習

1 (例) 帰ります

→ 帰ってもいいです。

(例) ここに座ります。

→ すみません、ここに座ってもいいですか。

❶ テレビを消します

→ _____。

❷ この部屋を使います

→ _____。

❸ ちょっと休みます

→すみません、_____。

❹ 質問します

→すみません、_____。

2 (例) 芝生に入ります

→ 芝生に入ってはいけません。

❶ 窓を開けます

→ _____。

❷ テストの時、遅刻します

→ _____。

❸ 道で遊びます

→ _____。

道で 遊んでは いけません。

3 (例) 使います
→ 教室のパソコンを使ってもいいです。

(例) 飲みます
→ 子供はお酒を飲んではいけません。

① お菓子を食べます
→ 図書館で＿＿＿＿＿＿＿＿＿＿＿＿＿＿＿＿＿＿＿＿。

② 食事します
→ 学生食堂で＿＿＿＿＿＿＿＿＿＿＿＿＿＿＿＿＿＿＿＿。

③ 電話します
→ 授業の時＿＿＿＿＿＿＿＿＿＿＿＿＿＿＿＿＿＿＿＿。

④ タバコを吸います
→ 外で＿＿＿＿＿＿＿＿＿＿＿＿＿＿＿＿＿＿＿＿。

4 (例) 日本の学校・説明する
→ 日本の学校について、説明してください。

① 寮の生活・教える
→ ＿＿＿＿＿＿＿＿＿＿＿＿＿＿＿＿＿＿＿＿＿＿＿＿＿＿。

② 子供の時・話す
→ ＿＿＿＿＿＿＿＿＿＿＿＿＿＿＿＿＿＿＿＿＿＿＿＿＿＿。

第15課　道で 遊んでは いけません。 | 165

第 15 課

5 請用「～てはいけません・～てもいいです」自由造句。

① 電車の中で
➡ _____ 。

② 風邪の時
➡ _____ 。

③ アルバイトで
➡ _____ 。

> 道で 遊んでは いけません。

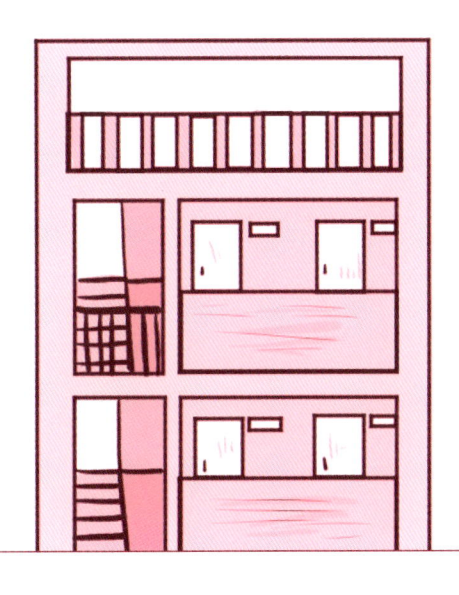

四 本文

MP3-49

寮の心得

(1) 自分の部屋を掃除してください。
(2) 部屋で料理してはいけません。
(3) 火曜日と木曜日、ごみを出してください。
(4) 共用の洗濯機を使ってもいいです。
(5) 夜12時に、図書室のパソコンの電源を切ってください。
(6) 玄関のドアを閉めてください。

それでは、楽しい寮生活を過ごしましょう。

第 15 課

五　日本文化直播

我的筷子

　　很多台灣人對日本人的印象是，有禮貌、很合群，但缺少自己的個性，殊不知日本人在餐具這件事上超級有個性的。看過日劇中辦公室場景的泡茶橋段嗎？人人都有「マイカップ」（我的杯子）。回到家也是，即使全家人使用相同的主餐盤，也會有各自的杯子和筷子。在以合群為社會和諧指標的日本民族性中，這似乎是少數能夠不那麼明目張膽的小小自我主張。

　　台灣人多半全家人使用相同的筷子，近年或許也有些家庭使用日式筷子，但是傾向選購同款不同色的筷子。事實上，這樣的筷子在日本是「来客用」（客人用的），日本人喜歡有一雙真正屬於自己的筷子。

　　台灣人喜歡使用相同的筷子，有一說是為了避免出現「三長兩短」的現象，但日本人可沒必要忌諱這中文諺語。只是日本人的「お箸のタブー」（筷子禁忌）也不少，其中台灣人最容易出錯的是「渡し箸」，也就是用餐中途將筷子像架橋一樣橫在碗上，這是不禮貌的，日本人在此時會整齊地將筷子放在筷架上。另外，絕對不可犯的是，雙方用筷子傳遞食物，因為這與為往生者撿拾遺骸的動作相似，稱為「箸渡し」或「拾い箸」。雖然只是一個小動作，可要避免無心之過破壞了用餐的美好氣氛喔。

附錄

1. 各課練習解答
2. 各課語彙一覽表
3. 品詞分類表
4. 動詞、形容詞、形容動詞的詞尾變化表
5. 指示代名詞
6. 數字
7. 時刻、時間
8. 日期
9. 量詞
10. 臺灣前一百大姓氏日語發音
11. 家人稱謂

附錄

各課練習解答

第1課

1
① お父さんは公務員です。
② 彼女は学生です。
③ 先生はイギリス人です。
④ お姉さんは会社員です。

2
① 張さんは先生ですか。
② 韓国語の授業の先生は韓国人ですか。
③ あなたは淡江大学の学生ですか。
④ 彼は英語の先生ですか。

3
① お母さんは公務員ではありません。
② 私の専攻は英語ではありません。
③ 彼は日本人ではありません。
④ 私は会社員ではありません。

4 請就自己的狀況回答以下問題。

（略）

各課練習解答

第2課

1
① それは中国語の雑誌です。
② 私のノートはあれです。
③ あなたのかばんはどれですか。
④ これは何ですか。

2
① この水筒は私のです。
② そのボールペンは先生のです。
③ あの時計は誰のですか。

3
① これは机です。あれも机です。
② これは教科書です。それも教科書です。

4
① これは英語の雑誌ですか、日本語の雑誌ですか。
② 小野さんは先生ですか、会社員ですか。

5 請用「これ・それ・あれ・どれ」以及「この・その・あの・どの」介紹目前教室裡的物品或人物。

（略）

附錄

第3課

1
① これは赤い傘です。
② それは小さい椅子です。
③ あれは高いテレビです。

2 參考範例完成以下形容詞變化。

肯定形	否定形	肯定形	否定形
（例）大きい	（例）大きくない	重い	重くない
小さい	小さくない	軽い	軽くない
高い	高くない	広い	広くない
安い	安くない	狭い	狭くない
新しい	新しくない	いい	よくない
古い	古くない	悪い	悪くない

3
① おいしくないです。
② 重くないです。
③ 古くないです。

4
① あまりよくないです。
② とても大きいです。
③ あまり軽くないです。

5 請用 5 個形容詞造句說明自己的房間。

（略）

各課練習解答

第4課

1
① この公園は静かです。
② 台湾の新幹線は便利です。

2
① 丸子は元気な子供です。
② 刺身は苦手な食べ物です。

3
① 張さんはマンゴーかき氷が好きです。
② 蔡さんは納豆が嫌いです。
③ 私はフランス語が下手です。

4
① 田中さんの部屋は私の部屋より広いです。
② お兄さんの電子辞書は私のより古いです。
③ 陳さんの傘は林さんのより軽いです。

5 請用 5 個形容動詞造句說明自己的生活空間、大學、城市等。
（略）

附録

第5課

1
① 昨日の映画は面白かったです。
② 先週の日曜日のパーティーは楽しかったです。
③ このコンビニのサンドイッチは安かったです。

2
① 電子辞書は新しくなかったです。
② 私の部屋は広くなかったです。
③ パソコン教室は暗くなかったです。

3
① 昨日の宿題は簡単でした。
② パーティーはにぎやかではありませんでした。
③ 高校の時、暇ではありませんでした。

4
① それは楽しい旅行でした。
　それは楽しい旅行ではありませんでした。

5 請敘述自己在高中的生活。（例如：高中時期是怎麼樣的學生？課業對你是不是難的事？）

（略）

各課練習解答

第6課

1
1. 淡江大学は淡水にあります。
2. 鉛筆はかばんの中にあります。
3. 猫は本棚の上にいます。

2
1. 病院は駅の前にありません。
2. 私は大学にいません。

3
1. 林さんと陳さんは学校にいます。
2. 父と母は淡水にいます。
3. デパートと映画館は駅の前にあります。

4 請用「～は～にあります／います」的句型描述周圍的人及物。
（略）

附録

第7課

1
1. 机の下に猫がいます。
2. 冷蔵庫にバナナが2本あります。
3. 本棚に日本語の本が5冊あります。
4. 学校の前に学生が3人います。

2
1. 引出しの中に何かありますか。
   はい、鉛筆があります。
2. 部屋の外に誰かいますか。
   いいえ、誰もいません。

3 請用第6課及第7課的文型,描述「夢想中的家」。

（略）

各課練習解答

第8課

1
① 音楽を聴きません。
② 手を洗います。
③ テレビを見ません。

2
① コンビニで弁当を買います。
② 公園でお菓子を食べます。
③ 庭で運動します。

3
① 一緒にレポートを書きませんか。
② 一緒にお酒を飲みませんか。

4 請用「ませんか」的句型，邀約新認識的朋友做 3 件事。
（略）

附錄

第9課

1
① 昨日、写真を撮りました。
② 今朝、電気を消しませんでした。
③ 夕べ、テレビを見ませんでした。

2
① いつも夜１１時に寝ます。
② 明日、何時に出かけますか。
③ 今朝、何時にご飯を食べましたか。

3
① 手が大きいです。
② 天気がよくないです。

4
① はい、雨が降りました。
② 2000年に生まれました。
③ 午前９時に出かけます。
④ はい、消しました。

5 昨日、何をしましたか。（請按照實際情況，寫出４件事）
（略）

各課練習解答

第10課

1
1. 9時15分からです。
2. 5時半までです。
3. 12時から1時までです。
4. 7月から8月までです。

2
1. 夜10時から11時まで宿題をしました。
2. 火曜日から金曜日までレストランでアルバイトをします。
3. 大晦日までいます。

3
1. 石鹸で手を洗います。
2. 台湾から沖縄まで船で12時間かかります。

4 請依實際情況回答問題。

（略）

附録

第11課

1
① メニューをください。
② コーヒーを1つください。
③ 鉛筆を3本ください。

2
① 明日、郵便局へ行きます。
② 昨日、家へ帰りませんでした。
③ 今日、学校へ行きません。

3
① 日本が好きですから、日本語を勉強します。
② お金がありませんから、夕べご飯を食べませんでした。
③ アメリカに友達がいますから、来月アメリカへ行きます。

各課練習解答

第12課

1 參考範例完成此表。

終止形	ます形	たい形
買う	買います	買いたいです
手伝う	手伝います	手伝いたいです
飲む	飲みます	飲みたいです
行く	行きます	行きたいです
撮る	撮ります	撮りたいです
帰る	帰ります	帰りたいです
作る	作ります	作りたいです
見る	見ます	見たいです
決める	決めます	決めたいです
来る	来ます	来たいです
する	します	したいです
練習する	練習します	練習したいです

2
① ジュースを飲みたいです。
② 時計を買いたいです。
③ 音楽を聴きたいです。
④ 旅行をしたいです。

3
① 冷蔵庫はほしくないです。洗濯機がほしいです。
② パソコンはほしくないです。スマホがほしいです。
③ 車はほしくないです。バイクがほしいです。
④ 辞書はほしくないです。電子辞書がほしいです。

附錄

第12課

4.
① 料理を作りましょう。
② 天丼を食べましょう。
③ 宿題をしましょう。

5. 自由會話

（略）

各課練習解答

第13課

1
1. どうぞ、この雑誌を読んでください。
2. ごみを出してください。
3. 私に電話してください。
4. 古い新聞を捨ててください。

2
1. 毎日、電車に乗って、会社へ行きます。
2. うちへ帰って、晩ご飯を食べます。
3. 本屋へ行って、日本語の辞書を買いました。
4. 夕べ、9時まで勉強して、テレビを見て、寝ました。

3
1. 窓を閉めてから、寝ます。
2. 父は毎朝、ニュースを見てから、会社へ行きます。
3. 日曜日、起きてから、洗濯します。
4. 郵便局でお金を下ろしてから、学校へ行きます。
5. 毎晩、うちへ帰ってから、何をしますか。

4 請用「～て、（～て、）～。」的句型回答以下問題。
（略）

附錄

第14課

1
① 李さんは写真を撮っています。
② 母はデパートで買い物しています。
③ 林さんはプールで泳いでいます。
④ 今、姉はテレビを見ています。

2
① 弟は黄色いTシャツを着ています。
② 田中さんは黒い眼鏡をかけています。
③ 兄は白いネクタイをしています。
④ 先生はきれいな時計をしています。

3
① あまりスーパーで買い物しません。
② あまりセーターを着ません。
③ 週末、あまり勉強しません。
④ 夜、あまりお菓子を食べません。

4
① よく歌を歌います。
② あまり音楽を聴きません。
③ 高校の時、あまりカラオケへ行きませんでした。
④ 昔、よく手紙を書きました。

5 自由會話

（略）

各課練習解答

第15課

1
① テレビを消してもいいです。
② この部屋を使ってもいいです。
③ すみません、ちょっと休んでもいいですか。
④ すみません、質問してもいいですか。

2
① 窓を開けてはいけません。
② テストの時、遅刻してはいけません。
③ 道で遊んではいけません。

3
① お菓子を食べてはいけません。
② 食事してもいいです。
③ 電話してはいけません。
④ タバコを吸ってもいいです。

4
① 寮の生活について、教えてください。
② 子供の時について、話してください。

5 請用「～てはいけません・～てもいいです」自由造句。
（略）

附錄

各課語彙一覽表

單字	重音	日文漢字	詞性	中文	所在課別
あいだ	⓪	間	名	之間	第6課
あう	①	会う	動 五	見面	第13課
あおい	②	青い	形	藍的、青的	第3課
あかい	⓪	赤い	形	紅的	第3課
あかるい	⓪	明るい	形	明亮的	第5課
あける	⓪	開ける	動 下一	開、打開	第15課
あさごはん	③	朝ご飯	名	早餐	第13課
あさって	②		名	後天	第11課
あし	②	足	名	腳	第9課
あした	③	明日	名	明天	第8課
あそぶ	⓪	遊ぶ	動 五	玩耍	第15課
あたたかい	④	暖かい・温かい	形	溫暖的、溫熱的	第6課
あたま	③	頭	名	頭部、頭腦	第9課
あたらしい	④	新しい	形	新的	第3課
あつい	②	暑い・熱い	形	炎熱的、燙的	第11課
あなた	②		名	你（第二人稱）	第1課
あの	⓪		連体	那～	第2課
あまい	⓪	甘い	形	甜的	第14課
あまり	⓪		副	太～	第3課
あめ	①	雨	名	雨	第9課
あめりか／アメリカ	⓪		名	美國	第1課
あらいます	④	洗います	動 五	洗	第8課
あります	③		動 五	存在、有（無生命）	第6課
あるばいと／アルバイト	③		名	打工、工讀	第10課
あれ	⓪		名	那個（遠稱）	第2課
あんぜん〔な〕	⓪	安全〔な〕	形動	安全的	第4課
いい／よい	①	（良い）	形	好的	第3課
いいえ			感	不是、不好（應答時使用）	第1課
いう	⓪	言う	動 五	說	第13課

各課語彙一覽表

單字	重音	日文漢字	詞性	中文	所在課別
いえ	2	家	名	家、房子	第7課
いきます	3	行きます	動 五	去	第8課
いぎりす／イギリス	0		名	英國	第1課
いす	0	椅子	名	椅子	第3課
いそがしい		忙しい	形	忙碌的	第5課
いたい	2	痛い	形	疼痛的	第9課
いつ	1		名	什麼時候	第10課
いっしょに	0	一緒に	副	一起	第8課
いっぱい	0		副	滿滿	第12課
いつまでも	1		副	永遠、始終	第14課
いつも	1		副	總是	第8課
いぬ	2	犬	名	狗	第6課
いま	1	今	名	現在	第10課
います	2		動 上一	存在、有（有生命）	第6課
うえ	0	上	名	上面、上方	第6課
うしろ	0	後ろ	名	後面、後方	第6課
うた	2	歌	名	歌、歌曲	第14課
うたう	0	歌う	動 五	唱（歌）	第14課
うち	0	家	名	家、家庭	第12課
うまれます	4	生まれます	動 下一	出生、誕生、產生	第9課
うみ	1	海	名	海	第5課
うら	2	裏	名	內面、內情、反面	第7課
うるさい	3		形	吵雜的	第7課
うんどうします	6	運動します	動 サ変	運動	第8課
えいが	1 0	映画	名	電影	第3課
えいがかん	3	映画館	名	電影院	第6課
えいご	0	英語	名	英語	第1課
えき	1	駅	名	車站	第6課
えきまえ	3	駅前	名	車站前	第12課
えんぴつ	0	鉛筆	名	鉛筆	第2課

附錄

單字	重音	日文漢字	詞性	中文	所在課別
おいしい	⓪ ③	美味しい	形	好吃的	第3課
おおきい	③	大きい	形	大的	第3課
おおごえ	③	大声	名	大聲（說話）	第15課
おおみそか	③	大晦日	名	除夕	第10課
おかあさん	②	お母さん	名	媽媽、母親（敬稱）	第1課
おかし	②	お菓子	名	零食、點心	第8課
おきなわ	⓪	沖縄	名	沖繩、琉球	第10課
おきます	③	起きます	動 上一	起床、發生	第9課
おこす	②	起こす	動 五	叫醒、引發	第13課
おさけ	⓪	お酒	名	酒	第8課
おしえる	⓪	教える	動 下一	教、告訴	第13課
おちゃ	⓪	お茶	名	茶	第2課
おとうさん	②	お父さん	名	爸爸、父親（敬稱）	第1課
おとこのこ	③	男の子	名	男孩	第7課
おとこのひと	⑥	男の人	名	男人	第7課
おととい	③	一昨日	名	前天	第9課
おにいさん	②	お兄さん	名	哥哥（敬稱）	第3課
おねえさん	②	お姉さん	名	姊姊（敬稱）	第1課
おねがいします	⑥	お願いします	慣	麻煩您、拜託（有事請求對方）	第12課
おふろ	②	お風呂	名	洗澡、澡堂	第13課
おみやげ	⓪	お土産	名	土產、紀念品、伴手禮	第5課
おもい	⓪	重い	形	重的	第3課
おもしろい	④	面白い	形	有趣的	第3課
おやこどん	⓪	親子丼	名	日式雞肉蛋蓋飯	第12課
およぐ	②	泳ぐ	動 五	游泳	第14課
おろす	②	（お金を）下ろす	動 五	提款、領錢	第13課
おわります	④	終わります	動 五	結束	第9課
おんがく	①	音楽	名	音樂	第8課
おんなのこ	③	女の子	名	女孩	第7課
おんなのひと	⑥	女の人	名	女人	第7課
かい		～階	名	～樓	第6課
かいしゃ	⓪	会社	名	公司	第2課

各課語彙一覽表

單字	重音	日文漢字	詞性	中文	所在課別
かいしゃいん	3	会社員	名	公司職員	第1課
かいます	3	買います	動五	購買	第8課
かいものします	6	買い物します	動サ変	購物	第8課
かえる	1	帰る	動五	回去	第11課
かお	0	顔	名	臉	第13課
かかります	4		動五	花費	第10課
かきます	3	書きます	動五	寫	第8課
がくせい	0	学生	名	學生	第1課
がくせいしょう	0	学生証	名	學生證	第7課
がくせいしょくどう	5	学生食堂	名	學生餐廳	第15課
かける	2	掛ける	動下一	戴（眼鏡）	第14課
かさ	1	傘	名	傘	第2課
かしこまりました	6		慣	是、知道了、遵命	第12課
かぜ	0	風	名	風	第9課
かぜ	0	風邪	名	感冒	第15課
がつ		〜月	名	〜月	第10課
がっこう	0	学校	名	學校	第4課
かのじょ	1	彼女	名	她（第三人稱）	第1課
かばん	0	鞄	名	包包、書包	第2課
かようび	2	火曜日	名	星期二	第10課
からおけ／カラオケ	0		名	卡拉OK	第14課
かるい	0	軽い	形	輕的	第3課
かれ	1	彼	名	他（第三人稱）	第1課
かれーらいす／カレーライス	4		名	咖哩飯	第11課
かんこく	1	韓国	名	韓國	第1課
かんたん〔な〕	0	簡単〔な〕	形動	簡單的	第5課
きいろい	0	黄色い	形	黃的、黃色	第14課
ききます	3	聞きます・聴きます	動五	聽、問	第8課
きのう	2	昨日	名	昨天	第5課

附錄

單字	重音	日文漢字	詞性	中文	所在課別
きめる	⓪	決める	動 下一	決定	第12課
きゃく	⓪	客	名	顧客、客人	第3課
ぎゅうにゅう	⓪	牛乳	名	牛奶	第6課
きょう	①	今日	名	今天	第8課
きょうかしょ	③	教科書	名	教科書、課本	第2課
きょうしつ	⓪	教室	名	教室	第3課
きょうよう	⓪	共用	名	共用	第15課
きらい〔な〕	⓪	嫌い〔な〕	形動	討厭的	第4課
きる	⓪	着る	動 上一	穿（連身、上半身衣物）	第14課
きる	①	切る	動 五	切、砍、剪、斬	第15課
きれい〔な〕	①	綺麗〔な〕	形動	漂亮的、乾淨的	第4課
ぎんこう	⓪	銀行	名	銀行	第7課
きんようび	③	金曜日	名	星期五	第10課
くうこう	⓪	空港	名	機場	第11課
くーらー／クーラー	①		名	冷氣	第11課
ください			慣	請給我～	第3課
くだもの	②	果物	名	水果	第7課
くつ	②	靴	名	鞋子	第4課
くらい	⓪	暗い	形	黑的、暗的	第5課
くる	①	来る	動 カ変	來	第11課
くるま	⓪	車	名	車子	第3課
くろい	②	黒い	形	黑的	第3課
げいじゅつ	⓪	芸術	名	藝術	第14課
けいたいでんわ	⑤	携帯電話	名	手機	第3課
けーき／ケーキ	①		名	蛋糕	第3課
けさ	①	今朝	名	今天早上	第5課
けしゴム	⓪	消しゴム	名	橡皮擦	第6課
けします	③	消します	動 五	關（電器）、擦掉	第9課
げつようび	③	月曜日	名	星期一	第10課
げん		～元	名	～元	第12課
げんかん	①	玄関	名	大門口、玄關	第15課
げんき〔な〕	①	元気〔な〕	形動	有活力的	第4課

各課語彙一覽表

單字	重音	日文漢字	詞性	中文	所在課別
ご		～語	名	（～國家/地方的）語言	第1課
こうえん	０	公園	名	公園	第4課
こうこう	０	高校	名	高中	第5課
こうちゃ	０	紅茶	名	紅茶	第11課
こうばん	０	交番	名	派出所	第6課
こうむいん	３	公務員	名	公務員	第1課
こーひー／コーヒー	３		名	咖啡	第11課
ごご	１	午後	名	下午	第9課
こころえ	３４	心得	名	規章須知、體會	第15課
ごぜん	１	午前	名	上午	第9課
こたつ	０		名	暖桌	第6課
こちらこそ			慣	我才是……	第1課
ことし	０	今年	名	今年	第12課
こども	０	子供	名	小孩	第4課
この	０		連体	這～	第2課
このごろ	０	この頃	名	最近、近來	第14課
ごはん	１	ご飯	名	飯	第8課
ごみ	２		名	垃圾	第13課
これ	０		名	這個（近稱）	第2課
こんさーと／コンサート	１		名	音樂會、演唱會	第10課
こんしゅう	０	今週	名	這週	第11課
こんど	１	今度	名	下回、距離現在最近的這次	第8課
こんびに／コンビニ	０		名	便利商店	第5課
さあ	１		感動	表示「不知道」時使用的感嘆詞，亦可用於表「催促」之意。	第7課
さいきん	０	最近	名	最近	第14課
さいふ	０	財布	名	錢包	第7課
さつ		～冊	名	（書本）～冊	第7課
ざっし	０	雑誌	名	雜誌	第2課

附錄

單字	重音	日文漢字	詞性	中文	所在課別
さむい	②	寒い	形	寒冷的	第5課
さんどいっち／サンドイッチ	④		名	三明治	第5課
じ		〜時	名	〜點	第9課
じかん		〜時間		〜小時	第10課
じかん	⓪	時間	名	時間	第12課
しけん	②	試験	名	考試	第10課
しごと	⓪	仕事	名	工作	第5課
じしょ	①	辞書	名	辭典	第2課
しずか〔な〕	①	静か〔な〕	形動	安靜的	第4課
した	⓪	下	名	下面、下方	第6課
しちゃくする	⓪	試着する	動 サ変	試穿	第15課
しつもんする	⓪	質問する	動 サ変	詢問、提問	第15課
じてんしゃ	② ⓪	自転車	名	自行車、腳踏車	第12課
しばふ	⓪	芝生	名	草坪、草地	第15課
じぶん	⓪	自分	名	自己	第12課
します	②		動 サ変	做	第8課
しめる	②	閉める	動 下一	關、關掉	第13課
じゃ／では			接	那麼	第2課
しゃしん	⓪	写真	名	照片	第9課
じゅうしょ	①	住所	名	地址	第13課
じゅーす／ジュース	①		名	果汁	第12課
しゅうまつ	⓪	週末	名	週末	第9課
じゅぎょう	①	授業	名	課程	第1課
しゅくだい	⓪	宿題	名	作業、習題	第5課
じょうず〔な〕	③	上手〔な〕	形動	很棒的、高明的、嫻熟的	第4課
しょくじします	⑤	食事します	動 サ変	用餐	第8課
しろい	②	白い	形	白的、白色	第14課
じん		〜人	名	（〜國家／地方的）人	第1課
しんかんせん	③	新幹線	名	新幹線	第4課
しんせつ〔な〕	①	親切〔な〕	形動	親切的、和氣的	第4課
しんせん〔な〕	⓪	新鮮〔な〕	形動	新鮮的	第4課

各課語彙一覽表

單字	重音	日文漢字	詞性	中文	所在課別
しんぶん	0	新聞	名	報紙	第8課
しんゆう	0	親友	名	好友、親近的朋友	第14課
すいとう	0	水筒	名	水壺	第2課
すいようび	3	水曜日	名	星期三	第10課
すう	0	吸う	動 五	吸	第15課
すーぱー／スーパー	1		名	超市	第5課
すかーと／スカート	2		名	裙子	第14課
すき〔な〕	2	好き〔な〕	形動	喜歡的	第4課
すごす	2	過ごす	動 五	度過、生活	第15課
すし	2	寿司	名	壽司	第4課
すてき〔な〕	0	素敵〔な〕	形動	極好的、極佳的、漂亮的	第8課
すてる	0	捨てる	動 下一	丟掉、拋	第13課
すぱげってぃ／スパゲッティ	3		名	義大利麵	第12課
すまほ／スマホ	0		名	智慧型手機	第12課
すむ	1	住む	動 五	居住	第14課
すわる	0	座る	動 五	坐、跪坐	第13課
せいかつ	0	生活	名	生活	第15課
せーたー／セーター	1		名	毛衣	第14課
せっけん	0	石鹸	名	肥皂	第10課
せつめいする	0	説明する	動 サ変	說明	第15課
ぜひ	1		副	務必、無論如何（用於表示自己的希望或邀請他人）	第8課
せまい	2	狭い	形	狹窄的	第3課
せんこう	0	専攻	名	主修	第1課
せんしゅう	0	先週	名	上週、上星期	第5課
せんせい	3	先生	名	老師、醫師、律師的敬稱	第1課
ぜんぜん	0	全然	副	完全不～（後接否定形）	第5課
せんたくき	4	洗濯機	名	洗衣機	第12課
せんたくする	0	洗濯する	動 サ変	洗衣服	第13課

附錄

單字	重音	日文漢字	詞性	中文	所在課別
せんもん	0	専門	名	專門	第1課
そうじする	0	掃除する	動 サ変	打掃	第15課
そうしましょう	5			就這麼決定、就這麼辦吧	第13課
そうだんする	0	相談する	動 サ変	商量	第15課
そうべつかい	4	送別会	名	歡送會	第11課
そと	1	外	名	外面	第6課
その	0		連体	那~	第2課
それ	0		名	那個（中稱）	第2課
それから	4		接續	然後	第9課
それでは	3		接續	那麼	第15課
だいがく	0	大学	名	大學	第1課
たいなん	0	台南	名	台南	第4課
たいぺい	0	台北	名	台北	第4課
たいへん〔な〕	0	大変〔な〕	形動	辛苦的	第5課
たいわん	3	台湾	名	台灣	第1課
たかい	2	高い	形	貴的、高的	第3課
だから	1		接續	所以	第9課
たくさん	3		副	很多	第7課
だす	1	出す	動 五	拿出、提出、交出	第13課
たにん	0	他人	名	他人、別人	第15課
たのしい		楽しい	形	開心的、好玩的	第5課
たばこ／タバコ	0	煙草	名	香菸	第15課
たべます	3	食べます	動 下一	吃	第8課
たべもの	2 3	食べ物	名	食物	第4課
だれ	1	誰	名	誰	第2課
たんじょうび	3	誕生日	名	生日	第10課
ちいさい	3	小さい	形	小的	第3課
ちかく	2	近く	名	附近	第6課
ちこくする	0	遅刻する	動 サ変	遲到	第15課
ちゅうごくご	0	中国語	名	中文	第2課
ちょっと	1		副	有一點、稍微	第3課
つかう	0	使う	動 五	使用	第15課
つぎ	2	次	名	次一個、下一個	第6課

各課語彙一覽表

單字	重音	日文漢字	詞性	中文	所在課別
つくえ	0	机	名	書桌	第2課
つくる	2	作る	動 五	做、創造、栽種	第12課
つけます	3		動 下一	開（電器）	第9課
つめたい	0	冷たい	形	冰冷的、冷淡的	第9課
て	1	手	名	手	第8課
てぃーしゃつ／ティーシャツ	0	Tシャツ	名	T恤	第11課
てーぶる／テーブル	0		名	餐桌	第7課
でかけます	4	出かけます	動 下一	出門、外出	第9課
てがみ	0	手紙	名	書信	第14課
でぐち	1	出口	名	出口	第13課
てすと／テスト	1		名	考試、測驗	第5課
てつだう	3	手伝う	動 五	幫助、幫忙	第12課
てにす／テニス	1		名	網球	第14課
てにすこーと／テニスコート	4		名	網球場	第14課
でぱーと／デパート	2		名	百貨公司	第2課
でも	1		接續	但是	第9課
てれび／テレビ	1		名	電視	第3課
てんいん	0	店員	名	店員	第3課
てんき	1	天気	名	天氣	第5課
でんき	1	電気	名	電燈、電	第9課
でんげん	0 3	電源	名	電源	第15課
でんしじしょ	4	電子辞書	名	電子辭典	第2課
でんしゃ	0	電車	名	電車、捷運	第10課
てんどん	0	天丼	名	日式炸蝦蓋飯	第12課
てんぷら	0	天ぷら	名	天婦羅、炸物	第4課
でんわする	0	電話する	動 サ変	打電話	第13課
でんわばんごう	4	電話番号	名	電話號碼	第13課
どあ／ドア	1		名	門	第15課
どいつ／ドイツ	1		名	德國	第1課

附錄

單字	重音	日文漢字	詞性	中文	所在課別
どう	①		副	商店	第8課
とうきょう	⓪	東京	名	東京	第10課
どうぞ	①		慣	請～	第13課
どうぞよろしくおねがいします		（どうぞ）よろしくお願いします	慣	多多指教	第1課
とおい	⓪	遠い	形	遠的	第6課
とき	②	時	名	時間、時候	第5課
とくい〔な〕	②	得意〔な〕	形動	拿手的	第4課
とけい	⓪	時計	名	鐘錶	第2課
どこ	①		名	哪裡	第6課
ところ	③	所	名	地方	第6課
としょかん	②	図書館	名	圖書館	第10課
とても	⓪		副	很、非常	第3課
となり	⓪	隣	名	旁邊、隔壁	第7課
どの	①		連体	哪～	第2課
ともだち	⓪	友達	名	朋友	第9課
どようび	②	土曜日	名	星期六	第10課
とります	③	撮ります	動 五	拍攝	第9課
どれ	①		名	哪一個	第2課
どんぶり	⓪	丼	名	大碗、日式蓋飯的省略用法	第12課
なか	①	中	名	裡面	第6課
ながい	②	長い	形	長的	第9課
なかよし	②	仲良し	名	好朋友	第14課
なっとう	③	納豆	名	日式發酵黃豆食品	第4課
なつやすみ	③	夏休み	名	暑假	第10課
なに／なん	①／①	何	名	什麼	第2課
なまえ	⓪	名前	名	名字	第13課
なんようび	③	何曜日	名	星期幾	第10課
にがて〔な〕	⓪	苦手〔な〕	形動	不擅於、最怕、棘手	第4課
にぎやか〔な〕	②	賑やか〔な〕	形動	熱鬧的	第4課
にちようび	③	日曜日	名	星期天	第4課

各課語彙一覽表

單字	重音	日文漢字	詞性	中文	所在課別
にほん／にっぽん	❷／❸	日本	名	日本	第1課
にほんりょうり	❹	日本料理	名	日本料理	第4課
にもつ	❶	荷物	名	行李、手提物	第12課
にゅーす／ニュース	❶		名	新聞	第13課
にゅーよーく／ニューヨーク	❸		名	紐約	第14課
にわ	❶	庭	名	院子、庭院	第7課
にん		～人	名	～人	第7課
ねくたい／ネクタイ	❶		名	領帶	第14課
ねこ	❶	猫	名	貓	第6課
ねます	❷	寝ます	動 下一	睡、就寢	第9課
ねん		～年	名	～年	第9課
のーと／ノート	❶		名	筆記本	第2課
のみます	❸	飲みます	動 五	喝	第8課
のる	❶	乗る	動 五	搭乘	第13課
は	❶	歯	名	牙齒	第13課
ぱーてぃー／パーティー	❶		名	派對、舞會	第5課
はい			感	是的、好的(應答時使用)	第1課
ばいく／バイク	❶		名	機車、摩托車	第12課
はいる	❶	入る	動 五	進入	第13課
はか	❷	墓	名	墳墓	第7課
はく	❶		動 五	穿(下半身衣物)	第14課
はさみ	❸		名	剪刀	第6課
はじめまして	❹	初めまして	慣	初次見面	第1課
ばす／バス	❶		名	公車、巴士	第10課
ばす／バスてい	❶	バス停	名	公車站	第6課
ぱそこん／パソコン	❶		名	個人電腦	第5課
はたち	❶	二十歳	名	二十歲	第14課
はなす	❷	話す	動 五	說、說話	第15課

附錄

單字	重音	日文漢字	詞性	中文	所在課別
ばなな/バナナ	①		名	香蕉	第7課
ばれーぼーる/バレーボール	④		名	排球	第4課
はん		～半	名	～半	第10課
ばん		番	名	（助數詞用法）～號	第13課
ばんごはん	③	晩ご飯	名	晚餐	第13課
ぴあの/ピアノ	⓪		名	鋼琴	第4課
びーる/ビール	①		名	啤酒	第12課
ひきだし	⓪	引出し	名	抽屜	第7課
ひく	⓪	弾く	動五	彈	第14課
ひこうき	②	飛行機	名	飛機	第10課
ひだり	⓪	左	名	左邊、左方	第6課
ひと	⓪	人	名	人	第4課
ひとつ	②	1つ	名	一個	第11課
ひとり	②	1人	名	一個人	第7課
ひま〔な〕	⓪	暇〔な〕	形動	空閒的	第5課
びょういん	⓪	病院	名	醫院	第6課
ひるごはん	③	昼ご飯	名	午餐	第12課
ひるやすみ	③	昼休み	名	午休	第10課
ひろい	②	広い	形	寬廣的	第3課
ぷーる/プール	①		名	游泳池	第14課
ふたつ	③	2つ	名	兩個	第11課
ふたり	③	2人	名	二個人	第7課
ぶちょう	⓪	部長	名	部長	第15課
ふね	①	船	名	船舶	第10課
ふゆやすみ	③	冬休み	名	寒假	第10課
ふります	③	降ります	動五	下（雨）	第9課
ふるい	②	古い	形	舊的	第3課
ぷれぜんと/プレゼント	②		名	禮物	第11課
ふん		～分	名	～分	第10課
へた〔な〕	②	下手〔な〕	形動	不熟練的、笨拙的	第4課
べっど/ベッド	①		名	床	第7課

各課語彙一覽表

單字	重音	日文漢字	詞性	中文	所在課別
へや	2	部屋	名	房間	第3課
ぺん／ペン	1		名	筆	第6課
べんきょう	0	勉強	名	課業、念書	第5課
べんきょうします	6	勉強します	動 サ変	讀書、學習	第8課
べんとう	3	弁当	名	便當	第8課
べんり〔な〕	1	便利〔な〕	形動	方便的	第4課
ぼーるぺん／ボールペン	0		名	原子筆	第2課
ぼく	1	僕	名	我（男性第一人稱）	第12課
ほしい	2	欲しい	形	想要～、希望～	第12課
ほん	1	本	名	書	第2課
ほん		～本	名	（細長物品）～隻、～根、～瓶	第7課
ほんこん	1	香港	名	香港	第10課
ほんだな	1	本棚	名	書架	第6課
ほんや	1	本屋	名	書店	第13課
まいあさ	1	毎朝	名	每天早上	第13課
まいにち	1	毎日	名	每天	第13課
まいばん	1	毎晩	名	每天晚上	第13課
まえ	1	前	名	前面、前方	第6課
まじめ〔な〕	0	真面目〔な〕	形動	認真的	第5課
また	2		副	再	第11課
まだ	1	未だ	副	還～、尚～	第12課
まち	2	町	名	城鎮	第4課
まど	1	窓	名	窗戶	第2課
まなー／マナー	1		名	禮節	第15課
まんが	0	漫画	名	漫畫	第7課
まんごー／マンゴーかきごおり	7	マンゴーかき氷	名	芒果剉冰	第4課
みがく	0	（歯を）磨く	動 五	刷（牙）	第13課
みぎ	0	右	名	右邊、右方	第6課
みじかい	3	短い	形	短的、短暫的	第11課
みせ	2	店	名	商店	第8課

附錄

單字	重音	日文漢字	詞性	中文	所在課別
みせてください		〔~を〕見せて下さい		請給我看~	第3課
みち	⓪	道	名	道路	第15課
みます	②	見ます	動 上一	看	第8課
むかいがわ	⓪	向かい側	名	對面	第6課
むかし	⓪	昔	名	從前、過往	第14課
むずかしい	⓪	難しい	形	難的	第3課
め	①	目	名	眼睛	第14課
めがね	①	眼鏡	名	眼鏡	第14課
めにゅー／メニュー	①		名	菜單	第11課
もう	①		副	已經	第12課
もういちど	⓪		副	再一次	第13課
もくようび	③	木曜日	名	星期四	第10課
もつ	①	持つ	動 五	拿、帶、擁有	第12課
もの	②	物	名	東西、物品	第7課
やさい	⓪	野菜	名	蔬菜	第8課
やすい	②	安い	形	便宜的	第3課
やすみのひ	⑤	休みの日	名	假日	第8課
やすむ	②	休む	動 五	休息、放假	第15課
やま	②	山	名	山	第5課
やむ	⓪	止む	動 五	（雨）停	第12課
ゆうひ	⓪	夕日	名	夕陽	第5課
ゆうびんきょく	③	郵便局	名	郵局	第6課
ゆうべ	③	夕べ	名	昨晚	第9課
ゆうめい〔な〕	⓪	有名〔な〕	形動	有名的	第5課
ゆっくり	③		副	慢慢地	第13課
ゆめ	②	夢	名	夢、夢想	第7課
ようふく	⓪	洋服	名	衣服	第15課
よく	①		副	經常	第14課
よみます	③	読みます	動 五	閱讀	第8課
よる	①	夜	名	晚上	第9課

各課語彙一覧表

單字	重音	日文漢字	詞性	中文	所在課別
らーめん／ラーメン	①		名	拉麵	第11課
らいげつ	①	来月	名	下個月	第11課
らいしゅう	⓪	来週	名	下週	第11課
らいねん	⓪	来年	名	明年	第12課
りびんぐるーむ／リビングルーム	⑤		名	客廳	第14課
りょう	①	寮	名	宿舍	第5課
りょうり	①	料理	名	料理	第5課
りょうりします	①	料理します	動 サ変	做菜、烹飪	第8課
りょこう	⓪	旅行	名	旅行	第5課
りんご	⓪	林檎	名	蘋果	第11課
れいぞうこ	③	冷蔵庫	名	冰箱	第6課
れすとらん／レストラン	①		名	餐廳	第7課
れぽーと／レポート	②		名	報告	第8課
れんしゅうする	⓪	練習する	動 サ変	練習	第12課
わすれます	④	忘れます	動 下一	忘記	第9課
わたし	⓪	私	名	我（第一人稱）	第1課
わたしたち	③	私達	名	我們	第14課
わるい	②	悪い	形	壞的	第3課
わるくち・わるぐち	②	悪口	名	壞話	第15課

附錄

● 品詞分類表

（本分類表乃依據日本中學生所學的國語文法，並附上日語教育文法的說明）

単語	自立語	有語形變化可以當作述語		表示事物的動作、作用，以う音結尾
				表示事物的性質、狀態，以い結尾
				表示事物的性質、狀態，以だ結尾，詞尾變成な修飾體言
				可以當作主語，表示事物的名稱、數量、順序
		無語形變化	不能當作主語	修飾用言，表示情態、程度或前後呼應的陳述性
				修飾名詞類，表示性質、狀態
				在句中承上接下，連接單詞或句子
				表示感嘆、呼叫、應答

品詞分類表

動詞 1. 五段動詞（又可稱為第一類動詞） 2. 上一段動詞（又可稱為第二類動詞） 3. 下一段動詞（又可稱為第二類動詞） 4. カ行変格動詞（又稱第三類動詞）：「来る」 5. サ行変格動詞（又稱第三類動詞）：「する」	1. 五段動詞（第一類動詞）：例如：「言う」、「書く」、「泳ぐ」、「読む」、「切る」。 2. 上一段動詞（又稱第二類動詞）：「起きる」、「落ちる」、「過ぎる」、「浴びる」、「閉じる」、「尽きる」、「生きる」等。還有外型特殊不像上述條件的「見る」、「着る」等。 3. 下一段動詞（又稱第二類動詞）：例如：「食べる」、「求める」、「調べる」、「覚える」、「忘れる」、「流れる」、「植える」等。 4. カ行変格動詞（又稱第三類動詞）：「来る」。 5. サ行変格動詞（又稱第三類動詞）：「する」。「散歩」、「勉強」、「調査」等名詞加上「する」成為「サ変格複合動詞」，也歸類在此。
形容詞（イ形容詞）	暑い、高い、赤い、おいしい……
形容動詞（ナ形容詞）	有名だ、元気だ、すてきだ、静かだ、暇だ……
名詞	日本、台湾人、椅子、自動車、水…… わたし、あなた、彼、彼女…… こと、もの……
副詞	ちょっと、ときどき、いつも、まだ、もし、まるで……
連体詞 連体詞沒有詞形變化	この、その、あの、どの / わが…… 大きな、小さな、おかしな、いろんな…… たいした、とんだ…… ある、あらゆる、いわゆる……
接続詞	そして、だから、それで、そこで…… しかし、でも、けれども…… あるいは、また……
感動詞	ああ、あれ、もしもし、あら、えー…… はい、いいえ、さあ、うん…… こんにちは、こんばんは、さようなら……

附錄

単語	付属語	有語形變化	接在其他品詞之下，增添語意
		無語形變化	接在其他品詞之下，表示各文節之關係

品詞分類表

助動詞	受け身・可能・自発・尊敬：れる、られる 使役：せる、させる 打消：ない、ぬ 推量・意思：う、よう、まい 希望：たい、たがる 丁寧：ます 過去・完了・存続・確認：た、だ 様態・伝聞：そうだ 比喩・推定・例示：ようだ 推定：らしい 断定：だ 丁寧な断定：です
助詞	格助詞：が、の、を、に、へ、と、より、から、で、や 接続助詞：ば、と、ても、けれど、ながら、が、のに、ので、から、し…… 副助詞：は、も、こそ、さえ、でも、ばかり、など、か 終助詞：か、な、ね、よ、ぞ、とも、なあ、や、わ、ねえ、さ

附錄

● 動詞、形容詞、形容動詞的詞尾變化表

国文法活用名		未然形			連用形	連用形
日本語文法活用名		ない形 否定形	受動形 受身形 被動形	使役形	連用形 動詞ます形	音便形 て形
付加形式		〜ない	〜れる 〜られる	〜せる 〜させる	〜ます	〜て
動詞	五段活用 / 第一類動詞 / 動詞 / 子音動詞	行かない 泳がない 話さない 待たない 死なない 遊ばない 住まない 乗らない 買わない	行かれる 泳がれる 話される 待たれる 死なれる 遊ばれる 住まれる 乗られる 買われる	行かせる 泳がせる 話させる 待たせる 死なせる 遊ばせる 住ませる 乗らせる 買わせる	行き 泳ぎ 話し 待ち 死に 遊び 住み 乗り 買い	行って 泳いで 話して 待って 死んで 遊んで 住んで 乗って 買って
	上一段活用 / 第二類動詞 / 動詞 / 母音動詞	起きない 食べない	起きられる 食べられる	起きさせる 食べさせる	起き 食べ	起きて 食べて
	サ行・カ行変格 活用動詞 / 第三類動詞 / 不規則動詞	しない 来ない	される 来られる	させる 来させる	し 来	して 来て
形容詞 イ形容詞		暑くない 暑くありません			暑く	暑くて
形容動詞 ナ形容詞		静かで（は）ない 静かで（は）ありません			静かで 静かに	静かで

動詞、形容詞、形容動詞的詞尾變化表

連用形	終止形 連体形	仮定形	命令形		未然形
音便形 過去形 た形	辞書形 基本形	ば形 条件形	命令形	可能形	推量形 意志形
～た		～ば			～う ～よう
い 行った およ 泳いだ はな 話した ま 待った し 死んだ あそ 遊んだ す 住んだ の 乗った か 買った	い 行く およ 泳ぐ はな 話す ま 待つ し 死ぬ あそ 遊ぶ す 住む の 乗る か 買う	い 行けば およ 泳げば はな 話せば ま 待てば し 死ねば あそ 遊べば す 住めば の 乗れば か 買えば	い 行け およ 泳げ はな 話せ ま 待て し 死ね あそ 遊べ す 住め の 乗れ か 買え	い 行ける およ 泳げる はな 話せる ま 待てる し 死ねる あそ 遊べる す 住める の 乗れる か 買える	い 行こう およ 泳ごう はな 話そう ま 待とう し 死のう あそ 遊ぼう す 住もう の 乗ろう か 買おう
お 起きた た 食べた	お 起きる た 食べる	お 起きれば た 食べれば	お お 起きろ・起きよ た た 食べろ・食べよ	お 起きられる た 食べられる	お 起きよう た 食べよう
した き 来た	する く 来る	すれば く 来れば	しろ せよ こ 来い	こ 来られる こ 来れる	しよう こ 来よう
あつ 暑かった	あつ 暑い あつ 暑いです	あつ 暑ければ			
しず 静かだった	しず 静かだ しず 静かです	しず 静かなら			

附錄

● 指示代名詞

文法功能 \ 所屬及位置關係	こ〜 所屬靠近說話者	そ〜 所屬靠近聽話者	あ〜 離說話者與聽話者都遠	ど〜 不確定（疑問詞）
指示人事物	これ 這個；這些	それ 那個；那些	あれ 那個；那些	どれ 哪個？哪些？
指示人事物 （後接名詞）	この＋名詞 這個〜	その＋名詞 那個〜	あの＋名詞 那個〜	どの＋名詞 哪個〜
指示場所	ここ 這裡	そこ 那裡	あそこ 那裡	どこ 哪裡？
指示方向、方位	こっち 這邊；這裡 我；我們	そっち 那邊；那裡 你；你們	あっち 那邊；那裡 那個人	どっち 哪邊？哪裡？ 哪個？哪方面？
指示方向、方位 （比こっち等更有禮貌）	こちら 這裡；這邊 這個；這些 這位	そちら 那裡；那邊 那個；那些 那位	あちら 那裡；那邊 那個；那些 那位	どちら 哪裡？哪邊？ 哪個？哪些？ 哪位？

指示代名詞／數字

● 數字

阿拉伯數字		漢數字	阿拉伯數字		漢數字
0	れい・ゼロ	零・ゼロ	100	ひゃく	百
1	いち	一	200	にひゃく	二百
2	に	二	300	さんびゃく	三百
3	さん	三	400	よんひゃく	四百
4	よん・し・よ	四・四・四	500	ごひゃく	五百
5	ご	五	600	ろっぴゃく	六百
6	ろく	六	700	ななひゃく	七百
7	なな・しち	七・七	800	はっぴゃく	八百
8	はち	八	900	きゅうひゃく	九百
9	きゅう・く	九・九			
10	じゅう	十	1,000	せん・いっせん	千
11	じゅういち	十一	2,000	にせん	二千
12	じゅうに	十二	3,000	さんぜん	三千
13	じゅうさん	十三	4,000	よんせん	四千
14	じゅうよん・じゅうし	十四・十四	5,000	ごせん	五千
15	じゅうご	十五	6,000	ろくせん	六千
16	じゅうろく	十六	7,000	ななせん	七千
17	じゅうなな・じゅうしち	十七・十七	8,000	はっせん	八千
18	じゅうはち	十八	9,000	きゅうせん	九千

附錄

附録

19	じゅうきゅう・じゅうく	十九・十九			
20	にじゅう	二十	10,000	いちまん	一万
30	さんじゅう	三十	100,000	じゅうまん	十万
40	よんじゅう	四十	1,000,000	ひゃくまん	百万
50	ごじゅう	五十	10,000,000	いっせんまん	一千万
60	ろくじゅう	六十	100,000,000	いちおく	一億
70	ななじゅう・しちじゅう	七十・七十			
80	はちじゅう	八十			
90	きゅうじゅう	九十			

阿拉伯數字		漢數字	
0.78	れいてんななはち	（小数）	
5/7	ななぶんの　ご	（分数）七分の五	
02-2621-5656	ぜろにいの　にいろくにいちの　ごうろくごうろく	（電話番号）	

時刻

● 時刻

	點（鐘）		分
1	1時 いちじ	1	1分 いっぷん
2	2時 にじ	2	2分 にふん
3	3時 さんじ	3	3分 さんぷん
4	4時 よじ	4	4分 よんぷん
5	5時 ごじ	5	5分 ごふん
6	6時 ろくじ	6	6分 ろっぷん
7	7時 しちじ	7	7分・7分 ななふん・しちふん
8	8時 はちじ	8	8分 はっぷん
9	9時 くじ	9	9分 きゅうふん
10	10時 じゅうじ	10	10分・10分 じゅっぷん・じっぷん
11	11時 じゅういちじ	15	15分 じゅうごふん
12	12時 じゅうにじ	30	30分・30分 さんじゅっぷん・さんじっぷん 半
疑問	何時 なんじ	疑問	何分 なんぷん

附錄

● 時間

	小時		分鐘
1	1時間　いちじかん	1	1分　いっぷん
2	2時間　にじかん	2	2分　にふん
3	3時間　さんじかん	3	3分　さんぷん
4	4時間　よじかん	4	4分　よんぷん
5	5時間　ごじかん	5	5分　ごふん
6	6時間　ろくじかん	6	6分　ろっぷん
7	7時間・7時間 ななじかん・しちじかん	7	7分・7分 ななふん・しちふん
8	8時間　はちじかん	8	8分　はっぷん
9	9時間（9時間） くじかん（きゅうじかん）	9	9分　きゅうふん
10	10時間　じゅうじかん	10	10分・10分 じゅっぷん・じっぷん
疑問	何時間　なんじかん	疑問	何分　なんぷん

時間／日期

● 日期

	月		日		
1	1月 いちがつ	1	1日 ついたち	17	17日 じゅうしちにち
2	2月 にがつ	2	2日 ふつか	18	18日 じゅうはちにち
3	3月 さんがつ	3	3日 みっか	19	19日 じゅうくにち
4	4月 しがつ	4	4日 よっか	20	20日 はつか
5	5月 ごがつ	5	5日 いつか	21	21日 にじゅういちにち
6	6月 ろくがつ	6	6日 むいか	22	22日 にじゅうににち
7	7月 しちがつ	7	7日 なのか	23	23日 にじゅうさんにち
8	8月 はちがつ	8	8日 ようか	24	24日 にじゅうよっか
9	9月 くがつ	9	9日 ここのか	25	25日 にじゅうごにち
10	10月 じゅうがつ	10	10日 とおか	26	26日 にじゅうろくにち
11	11月 じゅういちがつ	11	11日 じゅういちにち	27	27日 にじゅうしちにち
12	12月 じゅうにがつ	12	12日 じゅうににち	28	28日 にじゅうはちにち
		13	13日 じゅうさんにち	29	29日 にじゅうくにち
		14	14日 じゅうよっか	30	30日 さんじゅうにち
		15	15日 じゅうごにち	31	31日 さんじゅういちにち
疑問	何月 なんがつ	16	16日 じゅうろくにち	疑問	何日 なんにち

附錄

● 量詞

數量	計算項目、物品	人數	比較小的東西	書、筆記本
1	1つ ひとつ	1人 ひとり	1個 いっこ	1冊 いっさつ
2	2つ ふたつ	2人 ふたり	2個 にこ	2冊 にさつ
3	3つ みっつ	3人 さんにん	3個 さんこ	3冊 さんさつ
4	4つ よっつ	4人 よにん	4個 よんこ	4冊 よんさつ
5	5つ いつつ	5人 ごにん	5個 ごこ	5冊 ごさつ
6	6つ むっつ	6人 ろくにん	6個 ろっこ	6冊 ろくさつ
7	7つ ななつ	7人・7人 ななにん・しちにん	7個 ななこ	7冊 ななさつ
8	8つ やっつ	8人 はちにん	8個・8個 はっこ・はちこ	8冊 はっさつ
9	9つ ここのつ	9人・9人 きゅうにん・くにん	9個 きゅうこ	9冊 きゅうさつ
10	10 とお	10人 じゅうにん	10個・10個 じゅっこ・じっこ	10冊・10冊 じゅっさつ・じっさつ
疑問	いくつ	何人 なんにん	何個 なんこ	何冊 なんさつ

量詞

數量	次數	薄的東西 （例如紙幣、盤子）	序列	建築物的樓層
1	1回　いっかい	1枚　いちまい	1番　いちばん	1階　いっかい
2	2回　にかい	2枚　にまい	2番　にばん	2階　にかい
3	3回　さんかい	3枚　さんまい	3番　さんばん	3階　さんがい
4	4回　よんかい	4枚・4枚 よんまい・よまい	4番　よんばん	4階　よんかい
5	5回　ごかい	5枚　ごまい	5番　ごばん	5階　ごかい
6	6回　ろっかい	6枚　ろくまい	6番　ろくばん	6階　ろっかい
7	7回　ななかい	7枚・7枚 ななまい・しちまい	7番・7番 ななばん・しちばん	7階　ななかい
8	8回・8回 はちかい・はっかい	8枚　はちまい	8番　はちばん	8階・8階 はちかい・はっかい
9	9回　きゅうかい	9枚　きゅうまい	9番・9番 きゅうばん・くばん	9階　きゅうかい
10	10回・10回 じゅっかい・じっかい	10枚　じゅうまい	10番　じゅうばん	10階・10階 じゅっかい・じっかい
疑問	何回　なんかい	何枚　なんまい	何番　なんばん	何階　なんがい

附錄

臺灣前一百大姓氏日語發音

依據 107 年內政部戶政司「全國姓名統計分析」
（https://www.ris.gov.tw/documents/data/5/2/107namestat.pdf）

1～25 位

陳(ちん) 林(りん) 黃(こう) 張(ちょう) 李(り) 王(おう) 吳(ご) 劉(りゅう) 蔡(さい) 楊(よう) 許(きょ) 鄭(てい) 謝(しゃ) 洪(こう) 郭(かく) 邱(きゅう)
曾(そ) 廖(りょう) 賴(らい) 徐(じょ) 周(しゅう) 葉(よう) 蘇(そ) 莊(そう) 呂(ろ/りょ)

26～50 位

江(こう) 何(か) 蕭(しょう) 羅(ら) 高(こう) 潘(はん) 簡(かん) 朱(しゅ) 鍾(しょう) 游(ゆう) 彭(ほう) 詹(せん) 胡(こ) 施(し) 沈(ちん) 余(よ)
盧(ろ) 梁(りょう) 趙(ちょう) 顏(がん) 柯(か) 翁(おう) 魏(ぎ) 孫(そん) 戴(だい)

51～75 位

范(はん) 方(ほう) 宋(そう) 鄧(とう) 杜(と) 傅(ふ) 侯(こう) 曹(そう) 薛(せつ) 丁(てい/ちょう) 卓(たく) 阮(げん) 馬(ま) 董(とう) 溫(おん) 唐(とう)
藍(らん) 石(せき) 蔣(しょう) 古(こ) 紀(き) 姚(よう) 連(れん) 馮(ふう) 歐(おう)

76～100 位

程(てい) 湯(とう) 黃(こう) 田(でん) 康(こう) 姜(きょう) 白(はく) 汪(おう) 鄒(すう) 尤(ゆ) 巫(ふ) 鐘(しょう) 黎(れい) 涂(と) 龔(きょう) 嚴(げん)
韓(かん) 袁(えん) 金(きん) 童(どう) 陸(りく) 夏(か) 柳(りゅう) 涂(と) 邵(しょう)

● 家人稱謂

中文	他稱	自稱
祖父、爺爺、外公	お爺(じい)さん	祖父(そふ)
祖母、奶奶、外婆	お婆(ばあ)さん	祖母(そぼ)
父親、爸爸	お父(とう)さん	父(ちち)
母親、媽媽	お母(かあ)さん	母(はは)
哥哥	お兄(にい)さん	兄(あに)
姊姊	お姉(ねえ)さん	姉(あね)
弟弟	弟(おとうと)さん	弟(おとうと)
妹妹	妹(いもうと)さん	妹(いもうと)
兒子	息子(むすこ)さん	息子(むすこ)
女兒	お嬢(じょう)さん・娘(むすめ)さん	娘(むすめ)

執筆者

曾秋桂
- 嘉義大林出生
- 1993 年取得日本廣島大學博士
- 現任淡江大學日本語文學系教授、村上春樹研究中心主任。
- 同時擔任台灣日語教育學會理事長、台灣日本語文學會理事、日本森鷗外記念會評議委員。與落合由治教授共同出版《我的第一堂日文專題寫作課》、《我的進階日文專題寫作課》、《一點就通！我的第一堂日語作文課》、《日語舊假名學習：與夏目漱石共遊歷史假名標示的世界》、《日本文學賞析：多和田葉子「不死之島」》等。曾翻譯多和田葉子的《獻燈使》。目前積極從事結合 AI 技術與村上春樹文學的研究。

孫寅華
- 日本國立筑波大學地域研究研究科畢
- 淡江大學日本語文學系副教授
- 國立教育廣播電臺「早安日語」、「跟著 YINKA 走台灣」等日語講座主持人（2002 年迄今）。

張瓊玲
- 九州大學大學院文學研究科博士課程修畢。
- 淡江大學日本語文學系副教授。

中村香苗（なかむら　かなえ）
- 威斯康辛大學麥迪遜分校日本語學博士。
- 現任淡江大學日本語文學系副教授。
- 研究領域為會話分析、日語教學。著作包括「"Late projectability" of Japanese turns revisited: Interrelation between gaze and syntax in Japanese conversation.」（專書論文 2018）、《対話力を育む異文化間議論授業の実践研究―フィッシュボウル訓練の質的分析―》（專書 2017）。

落合由治（おちあい　ゆうじ）
- 日本安田女子大學文學研究科文學博士，主修日本語學、日本語教育學。
- 曾任特聘淡江大學日本語文學系教授、台灣日語教育學會理事、台灣日本語文學會理事。
- 與曾秋桂教授共同出版《我的第一堂日文專題寫作課》、《我的進階日文專題寫作課》、《一點就通！我的第一堂日語作文課》、《日語舊假名學習：與夏目漱石共遊歷史假名標示的世界》、《日本文學賞析：多和田葉子「不死之島」》等。

廖育卿
- 日本熊本大學博士，主修日本近代文學與茶道教育。
- 現任淡江大學日本語文學系專任副教授。
- 著作《森鷗外の「豊熟の時代」―中期文学活動の現代小説を中心に―》（專書 2016）。

蔡欣吟
- 日本東京學藝大學教育學碩士，明治大學文學博士。主修日本語學及教育學。
- 現任淡江大學日本語文學系副教授。
- 著作《温度感覚語彙の歴史的研究》（專書 2018）。

蔡佩青
- 名古屋大學文學博士，主修日本中世文學。
- 曾任靜岡英和學院大學專任副教授，現任淡江大學日本語文學系專任副教授。
- 著有《日本語文法知惠袋》、《日本語句型知惠袋》、《零失誤！商務日文書信決勝技巧》（眾文圖書）等日語學習教材。
- 青老師的日本之窗：vocus.cc/user/@sakuraisei

協編｜
伍耿逸
- 淡江大學日本語文學系碩士
- 現任淡江大學日本語文學系專任助教、淡江大學日本語文學系兼任講師。

國家圖書館出版品預行編目資料

就是要學日本語 初級（上） 新版 /
淡江大學日文系編撰團隊主編
-- 修訂初版 -- 臺北市：瑞蘭國際 , 2024.08
224 面；19×26 公分 --（日語學習系列；78）
ISBN：978-626-7473-52-8（上冊：平裝）

1. CST：日語 2. CST：讀本

803.18　　　　　　　　　　　　　113011437

日語學習系列 78

就是要學日本語
初級（上）新版

主編｜淡江大學日文系編撰團隊
召集人｜曾秋桂
副召集人｜孫寅華、張瓊玲
日文監修及錄音｜落合由治、中村香苗
合著｜曾秋桂、孫寅華、張瓊玲、落合由治、廖育卿、蔡欣吟、蔡佩青
協編｜伍耿逸

責任編輯｜葉仲芸、王愿琦
校對｜曾秋桂、孫寅華、落合由治、廖育卿、蔡欣吟、蔡佩青、伍耿逸、葉仲芸、王愿琦

錄音室｜采漾錄音製作有限公司
封面設計｜劉麗雪、陳如琪
版型設計｜劉麗雪
內文排版｜邱亭瑜、劉麗雪
美術插畫｜Syuan Ho

瑞蘭國際出版
董事長｜張暖彗・社長兼總編輯｜王愿琦
編輯部
副總編輯｜葉仲芸・主編｜潘治婷
設計部主任｜陳如琪
業務部
經理｜楊米琪・主任｜林湲洵・組長｜張毓庭

出版社｜瑞蘭國際有限公司・地址｜台北市大安區安和路一段 104 號 7 樓之 1
電話｜(02)2700-4625・傳真｜(02)2700-4622・訂購專線｜(02)2700-4625
劃撥帳號｜19914152 瑞蘭國際有限公司
瑞蘭國際網路書城｜www.genki-japan.com.tw

法律顧問｜海灣國際法律事務所　呂錦峯律師

總經銷｜聯合發行股份有限公司・電話｜(02)2917-8022、2917-8042
傳真｜(02)2915-6275、2915-7212・印刷｜科億印刷股份有限公司
出版日期｜2024 年 08 月初版 1 刷・定價｜450 元・ISBN｜978-626-7473-52-8

◎版權所有・翻印必究
◎本書如有缺頁、破損、裝訂錯誤，請寄回本公司更換

PRINTED WITH SOY INK　本書採用環保大豆油墨印製